Nur Druck verwandelt Asche in Licht

AXEL PHILIPPI

Nur Druck verwandelt Asche in Licht

ROMAN

Bibliografische Information der Deutschen Nationalbibliothek:
Die Deutsche Nationalbibliothek verzeichnet diese Publikation in der
Deutschen Nationalbibliografie; detaillierte bibliografische Daten sind im
Internet über dnb.dnb.de abrufbar.

© 2019 Axel Philippi
Satz, Umschlaggestaltung, Herstellung und Verlag: BoD – Books on Demand,
Norderstedt
ISBN 978-3-7481-7054-9

Vorwort von Maria Irmine Philippi

Mein Leben hätte niemals diese Wendung genommen,
wenn ich damals nein gesagt hätte.

Mein heutiger Ehemann und Autor dieses Buches hat mein Leben nachhaltig verändert. Genau diese Herausforderung, die mein Zusammenleben mit ihm darstellt, hat mich zu dem gemacht, was ich heute bin. Es sind nicht immer nur die schönen und einfachen Erfahrungen, die uns im Leben weiterbringen. Nein, es sind meistens die Herausforderungen oder sogenannten Schicksalsschläge, die, wenn sie angenommen werden, zur größten Veränderung und zum stärksten Wachstum führen. Natürlich gehört auch etwas Mut dazu, einen Schritt in eine ungewohnte Richtung zu tun, das Anerzogene oder von der Gesellschaft als richtig Angesehene außer Acht zu lassen und der inneren Stimme zu folgen. Eine Stimme, die ganz ruhig und klar zu mir spricht und mir eine tiefe Gewissheit vermittelt, dass DAS das Richtige ist, und es keinen Zweifel gibt, obwohl im Außen erst einmal gar nicht zu erkennen ist, wie das geschehen soll. Alle Fakten sprachen scheinbar dagegen. In meinem Fall war das so.

Im Sommer 2005 erzählte mir ein Bekannter, dass er eine Ausbildung bei einem Heiler hier im Saarland gemacht habe. Wir unterhielten uns über esoterische Dinge und alternative Behandlungen. Dann fragte er, ob das auch etwas für mich sei. Dankend lehnte ich ab, ich hatte so meine Erfahrungen in der Reiki-Szene gemacht, noch eine Ausbildung und noch ein Heiler ... nein danke! Er gab mir aber einen spirituellen Roman von Axel Philippi zu lesen und ich war völlig überrascht, dass ich das Buch nicht mehr aus der Hand legen konnte und mich wie ein Teil der Handlung fühlte. Mein Bekannter bot mir eine Behandlung nach der Methode dieses Heilers an, die ich auch annahm. Danach war ich sehr beeindruckt. Ich kannte Energiebehandlungen, aber die Qualität dieser Energie war eine völlig andere. Da wollte ich noch ein Buch dieses Heilers lesen, denn nun war meine Neugierde geweckt. Das zweite Buch, das ich las, war »Die Flamme der Erkenntnis«. Dieses Sachbuch habe ich regelrecht verschlungen. Auf einmal hörte ich eine Stimme, die zu mir sprach: »Du bist seine nächste Frau!« Erschrocken klappte ich das Buch zu und dachte: Was ist denn jetzt los??? Aber immer, wenn ich eine Weile darin las, kam diese Stimme wieder und sagte das Gleiche. Ich kannte diesen Mann doch noch gar nicht. Er war verheiratet und hatte zwei kleine Kinder, wie in dem Buch zu lesen war, das kam für mich schon mal gar nicht in Frage.

Ich hatte mich allerdings durchgerungen, einen Termin mit Axel Philippi zu vereinbaren. Wie magisch angezogen hatte ich gleichzeitig eine Angst, die ich nicht benennen konnte. Ich traute mich auch nicht, irgendjemand von dieser »verrückten« Stimme zu erzählen. Ich bekam äußerst schnell einen Termin für den nächsten Tag, den wohl gerade jemand abgesagt hatte. Also blieb mir nicht viel Zeit zum Überlegen. Mir war so bange vor diesem Treffen, dass mein Bekannter mir anbot, mich zu begleiten, was ich auch dankend annahm. Als wir dann in der Praxis ankamen und wir freundlich begrüßt wurden, war auf einmal alle Angst wie weggeblasen. Hier bist du richtig. Ich habe mich sofort wie zu Hause angekommen gefühlt. Natürlich habe ich von dieser Stimme, und was sie mir gesagt hatte, nichts erzählt, obwohl ich diese starke gegenseitige Anziehung sofort spürte. Erst nach einigen Jahren, als sich eine Beziehung entwickelt hatte, habe ich meinem heutigen Mann davon berichtet. Ich hatte zwischenzeitlich immer diese innere Gewissheit, dass wir zusammengehören. Aber ich wollte den Zeitpunkt der göttlichen Führung überlassen und es sollte auch nur dann dazu kommen, wenn es dem Wohle aller Beteiligten dienen würde. Erst als ich ganz losgelassen hatte, kamen wir wirklich zusammen und leben seitdem zusammen. Aber auch meine Ehe und mein Zusammenleben mit Axel hat mich sehr geprägt. Der Veränderungsdruck und die Herausforderungen dieser Beziehung machten aus einer schüchternen und zurückhaltenden Frau, die sich anfänglich kaum traute, sich vor mehr als zwei Menschen öffentlich zu äußern und zu sprechen, eine selbstsichere Frau, die die Seminare von Axel Philippi in seinem Sinne, aber auf ihre eigene Art weiterführt und sich damit sehr wohl fühlt.

Aus tiefstem Herzen danke ich dir, meinem geliebten Mann! Du warst mir über viele Inkarnationen hin immer schon eine geliebte und bekannte Seele und naher Begleiter und Mentor.

Maria Irmine Philippi

Inhalt

PROLOG

E s war ein nebliger Herbsttag Mitte November 2017, als die Asche von Dr. jur. Walter Nowak in einer Urne zu Grabe getragen wurde. Er war nur 49 Jahre alt geworden und scheinbar noch bei bester Gesundheit, als ihn eine Woche zuvor beim frühmorgendlichen Joggen ein Blutgerinnsel in seiner linken Herzarterie bewusstlos zu Boden gehen ließ. Alle Bemühungen des Notarztes vor Ort und später im Krankenhaus blieben leider ohne Erfolg. Der bekannte Anwalt hinterließ neben der trauernden Witwe zwei bildschöne Zwillingstöchter, die erst am Vortag volljährig geworden waren. Später vermuteten seine Freunde, dass der Stress des bis tief in die Nacht reichenden rauschenden Festes, intensiver Alkoholgenuss und der Rauch der vielen Havannas des Zigarrenliebhabers wohl Auslöser für das Geschehen gewesen sein mussten.

Da Walter Nowak ein bekannter Wirtschaftsanwalt und eine Säule der Gesellschaft gewesen war, folgten viele Trauergäste dem Sarg zu dem Familiengrab, in dem schon seine Eltern seit einiger Zeit ruhten. Während sie der Trauerzeremonie folgten und der etwas langatmigen Predigt des Pfarrers lauschten, ließen seine beiden besten Freunde, Ernst Schöler und Rüdiger Korte, ihre Blicke gelangweilt und gleichzeitig neugierig über die Trauergemeinde schweifen. Die weinende Witwe wurde von ihren beiden attraktiven Töchtern gestützt, die in ihren schwarzen Trauerkleidern einen sehr aparten Eindruck machten. Laura, die dunkelhaarige und zierlichere, schlägt ganz ihrem Vater und Verena mit ihrem helleren Haar mehr ihrer Mutter nach. Plötzlich bemerkten die beiden Freunde einen etwas abseits stehenden jungen Mann, der sie von seiner Gestalt und seinem Aussehen her frappierend an ihren toten Jugendfreund erinnerte. Auf den fragenden Blick von Ernst Schöler hin, zuckte Rüdiger

Korte nur mit den Achseln. Auch ihm war der junge Mann fremd. Allerdings war diese große Ähnlichkeit schon mehr als erstaunlich. Beide waren Staatsanwälte und deshalb schon von Berufs wegen neugierig und so beschlossen sie, die Witwe später vorsichtig über diese Person auszuforschen. Da sie doch die ganze Familie ihres Freundes seit ihrer gemeinsamen Schul- und Studienzeit gut kannten, aber noch nie von einem Verwandten gehört oder einen gesehen hatten, der Walter Nowak wie aus dem Gesicht geschnitten war, blieb ihnen diese Beobachtung vorerst ein Rätsel.

Unbemerkt von der übrigen Trauergemeinde war noch ein anderer Zuschauer anwesend und verfolgte das Geschehen mit viel Trauer und Schmerz im seinerzeit erkrankten Organ. Der unsichtbare Beobachter war die Seele des Verstorbenen, die ihren Weg zurück ins Licht noch nicht gefunden hatte. Interessiert und immer noch sehr betroffen von ihrem plötzlichen Tod als Mensch, faszinierte sie ihre eigene Grablegung sehr. Die starke Bindung des ehemaligen Mannes an seine Frau und seine Töchter, die so abrupt und völlig unerwartet vom Schicksal gnadenlos unterbrochen worden war, ließ Walter Nowak nicht los und fesselte ihn an die irdische Sphäre. Der Verstorbene konnte den Schmerz und die Trauer seiner Lieben fast körperlich spüren und ihre Tränen an seinem Grab brannten wie Feuer in seiner Seele. Walter Nowak war zu Lebzeiten nie religiös gewesen, hatte nie an einen Gott oder ein Weiterleben nach dem Tod geglaubt. Deshalb folgte seinem erstaunten Erwachen in einem immer noch fühlbaren, aber für die Ärzte und Krankenschwestern unsichtbaren Körper bald darauf ein tiefes Bedauern darüber, sich zu Lebzeiten nicht mehr für diese doch – wie er nun erfuhr – existentiellen Dinge des Lebens interessiert zu haben. Sein Sehnen nach seiner Familie ließ ihn nun unmittelbar nach seinem Tod ständig um ihre noch lebenden Mitglieder kreisen, gab ihm aber keine Möglichkeit, mit den drei in Kontakt zu treten, von seiner Frau und seinen Töchtern wahrgenommen zu werden, beziehungsweise mit ihnen sprechen zu können, was seine Verzweiflung noch erhöhte.

Der junge Mann vom Friedhof, der dem Verstorbenen so sehr glich, war nach vorheriger telefonischer Kontaktaufnahme zwei Tage vor der Einäscherung bei der Witwe Sabine Nowak erschienen und hatte sie und die beiden Töchter Laura und Verena mit einem ihnen unbekannten Familiengeheimnis konfrontiert und anschließend ein unglaubliches Angebot gemacht, mit dem die ganze Geschichte begann und für alle Beteiligten zum Wendepunkt in ihrem Leben werden sollte.

Jugendsünden und ihre Folgen

An diesem Abend Ende November lernten Sabine, Laura und Verena also den Menschen kennen, der ihr Leben nachhaltig verändern sollte. Als Laura auf das Klingeln der Tür hin öffnete, glaubte sie zuerst einen Geist zu sehen. Vor ihr stand ihr Vater in jugendlicher Gestalt und das vor Erstaunen und Schreck erstarrte Mädchen war zuerst einmal sprachlos. Als sie sich schließlich gefasst und den Gast endlich hereingebeten hatte, erging es ihrer Mutter und Verena nicht viel besser. Als sie sich schließlich alle von ihrer Betroffenheit erholt hatten und diese bei den Frauen einer großen Neugierde gewichen war, stellte sich David von Arnim schließlich als unehelicher Sohn von Walter Nowak vor. David hatte Unterlagen seiner ebenfalls bereits verstorbenen Mutter dabei, die seine Abstammung zweifelsfrei bewiesen. Als sich die Frauen auch von diesem Schock, den diese Eröffnung in ihnen verursachte, erholt hatten, erzählte ihnen David die Geschichte seiner Eltern.

Seine Mutter, Elisabeth von Arnim, stammte aus einem im Krieg von ihren Gütern in Ostpreußen vertriebenen und in Folge verarmten Adelsgeschlecht. Davids Großeltern gründeten nach ihrer Flucht in Frankfurt einen Juwelierladen und der gerettete Schmuck ihrer Ahnen bildete sozusagen das Fundament des neuen Geschäftes, das in der Nachkriegszeit bald zu einer bekannten und prosperierenden Firma mit Filialen in Wiesbaden und Mainz erblühte. Elisabeth trat als gelernte Goldschmiedin und studierte Schmuckdesignerin in die Fußstapfen ihrer Eltern und übernahm nach deren Tod die Leitung des Unternehmens, die sie erst vor drei Jahren, als sie unheilbar an Leukämie erkrankte, an ihren Sohn, der inzwischen seinen Doktor der Betriebswirtschaftslehre gemacht hatte, weitergab. Und so war David von Arnim nun bereits mit 29 Jahren Inhaber und Geschäftsführer einer expandierenden und erfolgreichen Firma. Erst auf dem Sterbebett seiner Mutter erfuhr David, dass er nicht der Sohn des früh bei einem Autorennen verunglückten Lebensgefährten seiner Mutter war, sondern das Kind einer Liaison seiner Mutter mit Walter Novak während ihrer gemeinsamen Studienzeit. Da man sich nach einer kurzen Sommerliebe als auf Dauer nicht zusammenpassend empfunden habe, hätten sich beide in Freundschaft getrennt. Erst Wochen nach der Trennung habe seine Mutter ihre Schwangerschaft bemerkt und beschlossen, ihr Kind allein großzuziehen und nicht mit jemand zu teilen, mit dem sie sich inzwischen seelisch nicht mehr verbunden fühlte.

Im Jahr nach dem Tod seiner Mutter hatte David von Arnim Kontakt mit seinem leiblichen Vater aufgenommen. Ohne ihm seine Abstammung zu verraten, hatte er unter dem Vorwand, einen juristischen Berater für sein Unternehmen zu suchen, mehrere Treffen vereinbart und sich dabei einen persönlichen und tieferen Eindruck von seinem Erzeuger verschafft. Schnell entstand zwischen den beiden Männern trotz des Altersunterschieds eine enge Beziehung, die kurzfristig ins Schwanken geriet, als sich David überraschend als Walter Novaks unehelicher Sohn zu erkennen gab. Aber schnell erkannte der Ältere, dass es dem Jüngeren nicht um irgendwelche materiellen Rechte und Ansprüche, sondern um ihre Beziehung an sich ging und David nur auf der Suche nach seinem leiblichen Vater war. Und so hatten sie vereinbart, diese neue Verbindung vorerst im Geheimen aufrecht zu halten und zu pflegen, um sich besser kennenzulernen. Eigentlich wollte sein Vater ihn als Überraschungsgast zum Geburtstag seiner Zwillinge einladen, um in diesem Rahmen und bei dieser Gelegenheit die restliche Familie von ihrem neuen Mitglied in Kenntnis zu setzen. Aber David hatte das als zu abrupt empfunden und als eine zu große Überforderung seiner neuen Stiefmutter und seiner beiden Halbgeschwister befürchtet und deshalb seinem Vater dringend davon abgeraten. Das Kennenlernen sollte deshalb erst an Weihnachten stattfinden, wozu es nun durch den überraschenden Tod von Walter Novak nicht mehr kommen konnte.

Es herrschte ein Moment Stille, als David mit seinen Erklärungen am Ende war, und er befürchtete schon, dass sich seine neue Rolle und seine Akzeptanz schwieriger gestalten würde, als er und sein Vater es gehofft hatten. Doch Sabine Nowak, die den jungen Mann während seiner Ansprache nicht aus den Augen lassen konnte und dessen Stimme und Aussehen sie so sehr an ihren verstorbenen Mann erinnerte, hatte den Eindruck, dass mit dem Erscheinen von David eher eine schmerzliche Lücke in ihrer Familie zumindest teilweise geschlossen werden könnte. Sie empfand das überraschende Auftauchen eines Sohnes ihres Geliebten und seine übergroße Ähnlichkeit mit ihm nicht als zusätzliche Belastung, sondern wie ein Wink des Schicksals und fast als Trost. Ein Blick auf ihre Töchter verriet ihr, dass diese fasziniert und beeindruckt von der Person David und seiner Geschichte waren und dass daher von dieser Seite kaum Widerstände gegen das neue Familienmitglied zu erwarten waren. Und so erhob sich Sabine und nahm den überraschten und gerührten David einfach in die Arme und hieß ihn willkommen. Alles Weitere würde sich finden. Aber jetzt mussten sie zuerst einmal über die Einäscherung und die anschließende Beerdigung reden und Entscheidungen über das weiter Procedere fällen.

David war nach der Umarmung stehen geblieben und wanderte jetzt in dem großen Wohnzimmer umher, gedanklich auf der Suche nach den passenden Worten, die seinen geplanten Vorschlag plausibel und annehmbar machen sollten. »*Ich möchte euch eine ungewöhnliche Idee unterbreiten, wie wir das Andenken an Walter lebendig halten und ihn gewissermaßen ständig am Herzen bei uns tragen können.*« Die drei Frauen schauten ihn erwartungsvoll an. »*Ihr wisst, ich habe ein Juweliergeschäft und dort erfüllen wir manchmal auch seltsame und anrührende Kundenwünsche. Dazu gehören auch Preziosen in Form von Diamanten, die aus der Asche Verstorbener gewonnen und zu Schmuckstücken verarbeitet werden, die dann von mehreren Angehörigen zur Erinnerung getragen werden können. Die Herstellung solcher, später nach Wünschen des Kunden geschliffener Diamanten dauert allerdings Monate und ist recht kostspielig.*

16

Ich habe mir nun gedacht, dass ich auf meine Kosten und zum Einstand in meine neue Familie vier Anhänger aus Walters Asche fertigen lasse und wir sie danach zum Andenken an ihn um den Hals und damit unmittelbar an unseren Herzen tragen. Wir müssen dann nur eine entsprechende Menge der Asche nach der Einäscherung beiseitelegen lassen und können den Rest in der Urne öffentlich der Erde übergeben, ohne dass ein Außenstehender unser gemeinsames Geheimnis kennt, da es in religiösen Kreisen manchmal ethische Bedenken dagegen gibt.« David machte eine Pause und schaute die Frauen fragend an. *»Nun, was haltet ihr von meinem Vorschlag?«*

David spürt das Erstaunen und ein gewisses Befremden bei den Frauen, das Verena durch eine Frage zum Ausdruck bringt: *»Wie kann denn aus Papas Asche ein Diamant entstehen? Ich dachte, Diamanten werden in Minen gefördert und sind das Produkt von Prozessen, die vor Millionen Jahren tief unter der Erdoberfläche abliefen?«* David setzt sich wieder hin und erklärt geduldig: *»Das stimmt, aber nur für die natürlich entstandenen Edelsteine. Hier geht es aber um künstlich erschaffene Diamanten. Nach der Einäscherung wird die Asche des Verstorbenen von uns an einen Anbieter der Diamantbestattung überführt und dort physikalisch-chemisch analysiert. Diese Analyse dient der Steuerung und Anpassung des nachfolgenden Prozesses. Für den Herstellungsprozess wird aus der Asche der Kohlenstoff, der die Basis des Steins darstellt, herausgelöst und gereinigt. Durch hohe Temperaturen und unter sehr hohem Druck entsteht aus dem Kohlenstoff ein Diamant, der anschließend nur noch geschliffen wird. Da in Deutschland das noch weitgehend verboten ist, lassen wir die Herstellung von befreundeten Schweizer Firmen durchführen.«* David schweigt und schaut die Frauen fragend und erwartungsvoll an. Sabine richtet sich in ihrem Sessel auf und meint dann: *»Also ich finde diesen Vorschlag überraschend, aber sehr gut.«* Und sie wendet sich mit den Worten an Verena und Laura: *»Er wird uns, meine Töchter, helfen, mir meinem Mann und ihr eurem Vater immer fühlbar nahe zu sein. Dieser Gedanke hat für mich etwas sehr Tröstliches und lindert meinen großen Verlustschmerz.«* Laura und Verena brauchen ein Weilchen, um sich mit dieser Idee anzufreunden, sind aber letztlich überzeugt und drücken ihr Einverständnis schließlich durch eine innige Umarmung ihres neu gewonnenen Bruders aus.

Die Einäscherung fand dann nur im Familienkreis statt. Bei der späteren Beerdigung positionierte sich David auf eigenen Wunsch bewusst und halb durch benachbarte Grabdenkmäler verdeckt an den Rand der Trauergemeinde, wo ihn dann nur die beiden Staatsanwälte entdeckt hatten. Deren Überraschung war groß, als ihnen während des folgenden Leichenschmauses auf ihre Frage hin die Zusammenhänge von Sabine kurz mitgeteilt wurden. Beide konnten sich gut an die hübsche junge Frau erinnern, mit der Walter Novak zu Beginn ihrer Studienzeit für ein paar Monate liiert war. Und Rüdiger Korte gab sogar zu, Walter zeitweise sehr um diese Beziehung beneidet zu haben. Aber weder ihm noch Ernst Schöler war jemals zu Ohren gekommen, dass Elisabeth von Arnim ein Kind bekommen hätte. Allerdings war das wohl dem Umstand zu verdanken, dass die junge Frau ihre Studien nach der Trennung von Walter bei berühmten Designern in Italien weiterverfolgt hatte.

Erste Erfahrungen im Jenseits

Während für die noch auf Erden weilenden Familienmitglieder das Leben weiter seinen gewohnten Lauf nimmt, erlebt die unsterbliche Seele des ehemaligen Walter Nowak, dass sein Desinteresse an religiösen und esoterischen Themen während seiner Lebzeiten nun im Jenseits unangenehme und überraschende Konsequenzen mit sich bringt. Verständnislos steht er Erfahrungen gegenüber, auf die ihn niemand vorbereitet hat und die ihm teilweise große Angst machen. Bereits kurz nach seiner leiblichen Beerdigung spürt Walter, dass ihn etwas immer stärker von der physischen Ebene wegzieht. Obwohl er noch ganz auf sein vergangenes irdisches Leben fixiert ist, kann er nicht verhindern, dass er sich ohne sein bewusstes Zutun immer mehr von seinem gewohnten Umfeld entfernt und die Erfahrungen des Physischen von Wahrnehmungen überlagert werden, die ihm fremd sind und ihn ängstigen. Ein Gefühl von Allein- und Verlassensein überkommt ihn und er wünscht sich inbrünstig, dass ihm jemand seine Erfahrungen erklärt und seine Zustände verständlich macht. Obwohl er doch seinen Körper verloren hat, scheint er trotzdem noch einen zu haben, obwohl er doch tot ist, fühlt er sich irgendwie lebendiger als vorher. In dieser Übergangsphase nimmt er plötzlich in der Ferne ein Licht wahr, das näher zu kommen scheint, und er erkennt eine menschliche Gestalt, die aber durchsichtig ist und pulsierende farbige Lichter entlang der Wirbelsäule aufweist, was ihn an Aufnahmen von seltsamen Wesen der Tiefsee erinnert, die er einmal im Fernsehen gesehen hat. Beim Näherkommen verdichtet sich dieses Wesen scheinbar und nimmt die Gestalt seines geliebten Großvaters an, den er in seiner Kindheit auf dem Gutshof der Familie immer begleiten durfte, wenn dieser in den Ställen von Pferden, Kühen und Schweinen seiner Arbeit nachging. Und während Walter sich noch freudig dem geliebten und bewunderten

Lehrer seiner Kindheit zuwendet, vernimmt er die vertraute Stimme seines Großvaters, die ihn willkommen heißt. Verblüfft nimmt Walter wahr, dass sich diese Stimme in seinem Kopf manifestiert, ohne dass sein Gegenüber erkennbar spricht, und es wird ihm langsam klar, dass es die Gedanken seines Großvaters sind, die er wie laute Worte vernimmt.

»Fürchte dich nicht, du bist hier in Sicherheit und ich bin gekommen, dich als dein vertrauter Führer wie damals in deiner Kindheit ein Stück auf deinem weiteren Weg zu begleiten. Meine Aufgabe wird es sein, dir beim Eingewöhnen in dieser dir fremden Welt zu helfen und dich mit den Rahmenbedingungen dieser Existenzebene vertraut zu machen.« Walter fühlt sich an der Hand genommen und beide schweben langsam in die Höhe und dann immer schneller werdend einem fernen Ziel zu. Von der Hand seines Großvaters geht etwas wie ein warmer Strom aus, der beruhigend auf ihn wirkt. Wie von Zauberhand taucht plötzlich wieder eine aus seiner Kindheit vertraute Umgebung vor ihnen auf. Und so findet er sich neben seinem Großvater, auf der Bank unter der alten Linde im Zentrum des Hofguts sitzend, wieder. Alles ist wie damals, fühlt sich aber irgendwie anders an, ohne dass Walter für dieses neue Empfinden passende Worte finden kann. Auf eine seltsame Art ist alles hier gleichzeitig real und doch wie von einem Zauber durchlichtet und unwirklich.

Und wieder vernimmt er die Stimme seines Großvaters in seinem Kopf: *»Das Erste, was du hier verstehen lernen musst, ist, dass alle Dinge hier von dir und allen anderen Bewohnern dieser Ebene selbst, beziehungsweise gemeinsam erschaffen werden. Unser beider Erinnerung an unsere schöne Zeit auf Erden manifestiert sich jetzt als die in diesem Moment von dir und mir erlebte Umgebung. Deine und meine Gedanken und Gefühle vereinen sich und nehmen Form und Gestalt an. Dieser energetische und schöpferische Prozess läuft unbewusst ab, kann aber von einer weiterentwickelten Seele auch bewusst herbeigeführt werden. Im weiteren Verlauf deines Aufenthalts hier wirst du lernen, bewusster Schöpfer deiner Erfahrungen zu sein und dich ohne Einschränkung frei überall dorthin zu begeben, worauf* *du deine Aufmerksamkeit richtest. Und du wirst erleben, dass du hier sofort dort bist, wo du zu sein wünschst. Das heißt, auf dieser Ebene sind wir nicht der Zeit unterworfen. Zeit ist hier mehr ein Ausdruck für die Intensität der gerade gemachten Erfahrungen. Schon dort, wo du herkommst, hast du doch öfter davon gesprochen, dass die Zeit scheinbar fliegt oder sich unangenehm in die Länge zieht, also je nach innerem Empfinden ihren Zustand verändert, nicht objektiv, sondern subjektiv wahrgenommen wird. Auch der Raum, der dich scheinbar umgibt, wird von dir erschaffen und deshalb gibt es hier auch keine Entfernungen und damit auch keine Zeit, um von A nach B zu kommen. Du bist zeitgleich hier wie dort. Das scheinbare Schweben vorhin habe ich noch so kreiert, damit du hier nicht ohne Vorbereitung von dem Neuen überfordert wirst.«* Sein Großvater schweigt und Walter lässt seine Gedanken auf sich wirken. Telepathie als Kommunikationsform scheint ihm sehr geeignet, komplexe Sachverhalte verständlich zu übermitteln.

Plötzlich ändert sich die Kulisse und beide sitzen unvermittelt – ohne dass sie sich eigentlich bewegt haben – an einem tropischen Meeresstrand. Palmen wiegen sich im Wind, vom Meer her weht eine frische Brise und schaumgekrönte Wellen schlagen machtvoll auf den Strand. Über ihnen kreisen laut kreischend Seevögel und am Ufer räkelt sich eine Kolonie von Seelöwen im warmen Sand. In einiger Entfernung sieht man vor Hütten aus Schilf Menschen sitzen, die Körbe flechten und Netze flicken. Davor dümpeln primitive hölzerne Auslegerboote im Wasser und dunkelhäutige Männer sind gerade dabei, einige davon auf den Strand zu ziehen. Die ganze Szene atmet Frieden und eine tiefe Naturverbundenheit von Mensch und Tier, die Walter sich in seiner irdischen Heimat immer gewünscht, aber außer in seiner Kindheit so nur noch anlässlich einer Urlaubsreise auf einer Insel in der Karibik erlebt hat. Und plötzlich werden ihm die Zusammenhänge schlagartig klar: Wieder spiegeln sich seine unterbewussten Sehnsüchte als Schöpfung in seiner Umgebung. Er ist selbst der Schöpfer dessen, was er scheinbar mit all seinen Sinnen als getrennt von sich wahrnimmt. Aus dem Augenwinkel heraus sieht er seinen Großvater still vor sich hin schmunzeln, der diesen ersten eigenständigen Erkenntnisschritt seines Zöglings erfreut zur Kenntnis genommen hat.

Auf Erden kommen die Dinge auch weiter in Fluss. Verena und Laura stehen in der Schule unmittelbar vor ihrem Abitur und haben sich entschlossen, danach zuerst einmal eine Lehre zu machen und wollen sich dann erst entscheiden, ob sie noch ein Studium anschließen werden. Verena, die mehr ihrem Vater nachschlägt, will eine Lehre in der ehemaligen Kanzlei ihres Vaters beginnen, die nun von einem ehemaligen Kompagnon von Walter weitergeführt wird. Laura interessiert sich mehr für die schönen Dinge im Leben und hat das Angebot ihres neuen Bruders, in seiner Firma eine Ausbildung als Goldschmiedin zu machen, freudig angenommen. Sabine Nowak hat sich vom Schock des plötzlichen Todes ihres geliebten Mannes zumindest soweit erholt, dass sie wieder Interesse am alltäglichen Familienleben zeigt. An einem schönen Frühlingsabend im Mai 2018 kommt David von Arnim zu Besuch. Inzwischen ist das Verhältnis zwischen allen so, dass er auch ohne formelle Vorankündigung seine neue Familie besuchen kann. Er hat drei Schmuckkästchen dabei, von denen er jeweils eins davon feierlich einer der Frauen überreicht. Darin befindet sich jeweils ein zweikarätiger Diamant in Herzform geschliffen, in einen dünnen Platinrahmen gefasst und an einer feingliedrigen Goldkette hängend. Sabine schluchzt auf und muss sich hinsetzen, als ihr bewusst wird, dass sie da einen verwandelten Ausdruck des Körpers ihres ehemaligen Mannes in Händen hält. Asche, die in diesen lichtfunkelnden Edelstein umgewandelt wurde. Sie hatte dieses Angebot von David schon fast vergessen und wurde nun vom Anblick dieses Diamantenherzens wieder schmerzhaft an die schöne gemeinsame Ehezeit und ihr dramatisches Ende erinnert. Die beiden Töchter haben auch Tränen in den Augen, als sie sich gegenseitig beim Anlegen der Ketten helfen. Alle drei umarmen David innig und sind David sehr dankbar für dieses in jeder Hinsicht außergewöhnliche und überaus wertvolle Geschenk. Der junge Mann öffnet seinen Kragen, knöpft das Hemd auf und zeigt den Drei, dass er ebenfalls diese kostbare Erinnerung an seinen Vater am Herzen trägt.

Was die drei Frauen noch nicht wussten, ist, dass David sich schon in jungen Jahren für das Mysterium der mittelalterlichen Alchemie zu interessieren begann. Im Rahmen seiner Ausbildung hat er sich auch für die Traditionen der Goldschmiede interessiert und stieß dabei auf die alten Mythen und Sagen der Alchemisten, die Wege suchten, Blei in Gold zu verwandeln. Die Alchimie beschäftigt sich aber nicht nur mit der Umwandlung unedler Metalle in Gold oder Silber, sie hat auch eine tiefer gehende psychologische Komponente, da es immer auch um die Umwandlung des Menschen geht, um die Suche des Alchemisten nach sich selbst. Dabei steht die Umwandlung von Metallen symbolisch auch für den Übergang von etwas Unreinem in etwas Reines. Und so hatte diese moderne Kunst der Verwandlung von toter grauer Asche in das lebendige Leuchten und Funkeln eines Diamanten für David auch etwas zutiefst Alchemistisches, war für ihn ein Symbol für Tod und Auferstehung. Und dies erklärt er nun den erstaunt lauschenden Frauen. »*Seit ich denken kann, habe ich mich bereits als Jugendlicher für die Fragen von Leben und Tod interessiert. Während meine Freunde Fußball spielten, studierte ich alte Weisheitsbücher und stieß dabei auf die uralte Lehre der Hermetik. Hermes Trismegistos, der dreimal Größte, wurde als eine Inkarnation des griechischen Gottes Hermes gesehen, der den Menschen in Gestalt der Smaragdtafel die alten spirituellen Gesetze wieder in Erinnerung rief. Ihm zufolge lehrten die antiken Mysterienkulte, auf die das hermetische Prinzip aufbaut, wie der Adept durch Leiden, Tod und gewandelter Auferstehung zu einer neuen göttlichen Existenz gelangt. Projiziert auf die Materie erleiden die mineralischen Stoffe durch Zerstückelung, Verbrennung und Behandlung all die Wandlungsqualen wie der zur Erlösung bestimmte Mensch. Hier wurden also antike und gnostische Erlösungslehren auf die Natur übertragen.*« David schweigt und seine Zuhörerinnen sind gleichzeitig fasziniert von dieser bisher unbekannten Wesensseite ihres neuen Familienmitglieds und erstaunt über die von ihm an den Tag gelegte Ernsthaftigkeit und Leidenschaft für diese Themen. Bisher hatten sie ihn für einen ganz der Materie und dem Hier und Jetzt verschriebenen jungen Mann gehalten, der in erster Linie an seinem Geschäft und dessen Erfolg interessiert zu sein schien. Nun merken die Drei, dass sie sich in ihm getäuscht hatten, und sind angenehm überrascht.

David schaut in die staunenden Augen seiner Zuhörerinnen und fragt sich, ob er sie mit diesen Gedanken nicht intellektuell überfordert und es nicht besser dabei bewenden lassen soll. Aber etwas drängt ihn zutiefst damit fortzufahren und so erklärt er weiter: »*Für mich gibt es keinen Zufall. Alles fällt uns nach – leider den meisten Menschen unbekannten – Gesetzen und Regeln zu. So ist es auch kein Zufall, wo und wann ich geboren werde, wer meine Eltern und Geschwister und wie meine Empfindungen ihnen gegenüber sind. Ich bin überzeugt davon, dass der Tod nur ein Übergang in eine andere Welt ist, aus der wir zur gegebenen Zeit wieder zurückkommen für ein weiteres Leben. Und oft begegnen wir dabei wieder Mitspielern aus früheren Leben in neuer Gestalt. Dieses Empfinden hatte ich schnell und ganz stark, als ich Walter erstmals begegnete, und fühle auch euch gegenüber seit dem ersten Moment unseres Kennenlernens eine Vertrautheit, die nicht aus diesem Leben stammt.*« Wieder hält David inne und schaut forschend die drei Frauen an. Aber er sieht keinen Unglauben oder Spott in ihren Augen, eher Staunen und Nachdenklichkeit und so setzt er seine Rede fort: »*Für mich sind also diese Diamanten mehr als eine schöne Erinnerung an einen geliebten Menschen. Sie sind somit auch Ausdruck meines Glaubens, dass wir alle auf dem Weg der Verwandlung in eine höhere Form sind und der Tod nur ein Übergang in eine neue Stufe auf der Leiter ist, die uns zurück ins Licht unserer geistigen Heimat bringen wird. Der Wert dieser Diamanten liegt somit für uns also mehr in ihrer spirituellen, symbolischen Bedeutung als in ihrer materiellen. Sie sollen uns vier an die Liebe erinnern, die uns alle auch über Raum und Zeit hinweg verbindet. Leben endet niemals und der Tod ist nur eine Illusion.*«

Sabine erhebt sich aus ihrem Sessel, umarmt David und bittet ihn dann, ihr ihre Diamantenkette um den Hals zu legen. Er versteht die Bedeutung dieser Geste und was sie ihm signalisieren soll. Dankbar und frohen Herzens folgt er ihrer Bitte, küsst sie anschließend auf beide Wangen und lädt dann die Frauen in ein bekanntes Restaurant in der Altstadt zum Essen ein. Es wird noch ein schöner Abend, und als sie sich vor dem Restaurant anschließend fröhlich voneinander verabschieden, kann jeder die starke Nähe und Vertrautheit spüren, die zwischen ihnen allen entstanden ist. Während David in seinem englischen Sportwagen durch die Nacht nach Hause fährt, hat er das deutliche Gefühl, dass ihm in dieser Familie noch eine wichtige Aufgabe bevorsteht, und es ist für ihn keine Frage, dass er dabei innerlich geführt und unterstützt wird. Aber er weiß auch, dass er nicht zu schnell und zu viel von seinem fundierten esoterischen Wissen seinen Lieben zumuten kann, dass Geduld gefordert ist, wenn er die drei Frauen nicht abschrecken will.

Für Walter hat im Jenseits eine Zeit der Schulung begonnen. Sein Großvater hat ihn auf einen fremden Planeten irgendwo in unserer Galaxie begleitet. Vordergründig wirkt dieser Himmelskörper wie eine idealisierte Erde. Die Natur, die Pflanzen und Tiere sind von großer Schönheit, alles ist lichtdurchflutet und von überirdischer Harmonie. Auch die Menschen sind hier außergewöhnlich attraktiv, von großer Gestalt und von einer edlen Ausstrahlung. Walter fühlt sich wie in ein Gemälde aus der Romantik versetzt, das paradiesische Zustände vermittelt. Alles ist hier außergewöhnlich und gleichzeitig selbstverständlich und voller Anmut. Die Gebäude erinnern ihn in ihrem Baustil an die griechische Zeit und ihre Tempel und Paläste. Die Natur, die Menschen und die von ihnen geschaffene Umgebung sind auf eine besondere Art harmonisch verbunden, erhaben und beeindruckend.

Sein Großvater begleitet ihn zu einem Gebäude, das Walter in Art und Baustil an das College seiner Studienzeit in Oxford erinnert, und übergibt ihn dort einem Lehrer, der offensichtlich von ihrem Kommen wusste und vor dem Tor auf sie gewartet hat. »*Das, mein Sohn, ist Hanael, einer deiner Geistführer, der diesen Teil deiner Ausbildung leitet und für einige Zeit nun dein ständiger Begleiter sein wird.*« Ohne große weitere Verabschiedung verschwindet sein Großvater wieder in Form der Lichtgestalt, in der er Walter nach seinem Übergang erstmals begegnet ist. David wendet sich seinem neuen Lehrer zu und wieder erfährt er diese wunderbare telepathische Kommunikation, die ihm inzwischen so geläufig und vertraut geworden ist. »*Willkommen, mein Freund. Ich nenne dich so, weil ich dich, ohne dass du es bemerkt hast, schon länger begleite und inzwischen recht gut kenne. Wir Geistführer leiten zusammen mit den Schutzengeln unsere Anbefohlenen durch ihr irdisches Leben. Wir achten darauf, dass du möglichst gradlinig deinem Lebensplan folgst und setzen unsere korrigierenden Impulse und Anregungen in dein Unterbewusstsein. Sie steigen wie eigene Ideen in dir auf, ohne dass dir ihre wahre Herkunft bewusst werden darf. Und somit bleibst du frei in deiner Wahl. Du kannst ihnen folgen oder sie verwerfen. Deine Wahl wiederum spiegelt dich und zeigt uns, wo du innerlich stehst, was von dir noch erlöst beziehungsweise integriert werden muss. Während wir Geistführer also deiner weiteren Entwicklung verpflichtet sind, sind die Schutzengel Hüter des Karmas und wachen darüber, dass dich keine von außen kommenden Angriffe und Beeinflussungen, die von dir nicht verursacht wurden, treffen.*« Die sonore Stimme verstummt einen Moment in seinem Kopf, und Walter hat Muse, sein Gegenüber näher in Augenschein zu nehmen. Hanael ist das, was man auf Erden einen schönen Mann und in Bayern ein gestandenes Mannsbild nennen würde. Von großer Gestalt, gebräunter Haut, weißblonden langen Haaren und muskulösem Körperbau wie ein Leistungssportler wirkt er so gar nicht ätherisch, wie sich Walter ein himmlisches Wesen bisher vorgestellt hat. In ein weißes Kleidungstück mit violettem Saum gekleidet, vergleichbar einer römischen Toga, strahlt dieser Geistführer eine natürliche Autorität und eine sehr männliche Kraft aus, die Walter aber nicht beängstigend oder unterdrückend, sondern eher aufbauend und fördernd empfindet. Und so ist ihm sein neuer

Begleiter von Anfang an sympathisch. Als er Hanael lächeln sieht, wird Walter bewusst, dass sein Gegenüber gerade seine Gedanken und Gefühle mitgehört hat, dass es hier schwer und vielleicht sogar unmöglich ist, etwas zu verbergen. Und das verursacht ihm doch ein wenig Unbehagen. Als ehemaliger Jurist und Anwalt hatte er doch gelernt, dass Lügen oder Verschweigen Menschen manchmal schützen und vor unliebsamen Konsequenzen bewahren können.

Hanael führt seinen Schützling ins Innere des Gebäudes. Hier herrscht ein Gedränge vieler Menschen unterschiedlichen Alters und beiderlei Geschlechts, vom Jugendlichen bis zum Greis, die ähnlich wie sein Geistführer gekleidet sind. Plötzlich nimmt Walter wahr, dass auch er überraschend und ohne dass er sich daran erinnert, es angezogen zu haben, so ein Gewand, allerdings mit orangenem Saum, trägt. Ein tiefer Gong ertönt und wie in einer Universität scheinen alle Anwesenden unterschiedlichen Vortragsräumen zuzustreben. Hanael führt Walter in eine Nische der großen Halle, wo sie sich ungestört austauschen können. »*Du findest in diesem Gebäude nur ehemalige irdische Menschen, deren spirituelles Niveau in etwa gleich ist. Fortgeschrittene auf dem Pfad der Erleuchtung werden in anderen Gebäuden unterrichtet und so werdet ihr alle auf ein weiteres Leben auf irgendeinem Planeten in Gottes großer Schöpfung vorbereitet. Jeder von uns Geschöpfen hat im Hintergrund einen Plan, den es zu erfüllen gilt. Von wem dieser Plan stammt, werden wir später klären. Generell kannst du darauf vertrauen, dass nirgendwo in der Schöpfung etwas zufällig oder willkürlich geschieht. Allerdings haben alle Kinder Gottes das Recht auf freie Wahl. Aber nicht jede Wahl, die getroffen wird, ist immer klug und dient dem letzten Ziel. Da aber niemand zu irgendetwas gezwungen wird, kann das in der Entwicklung zu großen und überflüssigen Umwegen führen, was sich auch in der Zahl der irdischen Leben ausdrückt. Letztlich lernt man auf allen Wegen, solange gewährleistet ist, dass man in den Ursprung zurückkommt. Und dafür hat der Alleine gesorgt. Niemand kann aus diesem Spiel der Schöpfung aussteigen oder herausfallen. Jeder wird – wann auch immer – wieder zu Gott zurückfinden. Und auch alle Ausbildungen hier dienen diesem letzten Zweck und Ziel.*« Hanaels Stimme in Walters Kopf verstummt und der neue Schüler hat den Eindruck, dass da noch ein weiter Weg vor ihm liegt und es noch viel zu lernen gibt.

Verborgenes Wissen

Was David von Arnim bei seinem Besuch anlässlich der Übergabe der Diamantenketten an geheimen Wissen hat durchblicken lassen, lässt insbesondere Sabine und in minderem Maße ihre Töchter nicht ruhen. Sie will mehr wissen über Leben und Tod. Auch möchte sie verstehen lernen, welche Einflüsse und Rahmenbedingungen sich auf beide auswirken. Sabine hat zunehmend das Gefühl, dass sie an einem Spiel teilnimmt, dessen Regeln sie offensichtlich gar nicht oder nur unzureichend kennt, und das lässt sie neugierig auf weitere Information durch David hoffen. Und der lässt sich nicht zweimal bitten, als ihn seine Stiefmutter einlädt, am kommenden Sonntag zu Kaffee und Kuchen zu kommen und ein wenig mehr über seine esoterischen Studien zu berichten.

Als David eintrifft, warten schon alle drei Frauen erwartungsvoll auf ihn und sind neugierig und gespannt auf das, was sie wohl zu hören bekommen. Er lässt sich auch nicht lange bitten und beginnt nach der ersten Tasse Kaffee und einem Stück Obstkuchen mit seinem Vortrag. »*Das alte Wissen um das Wesen aller Dinge und um die Mysterien der Schöpfung ist im Prinzip in jeder Kultur vorhanden. Allerdings wird es oft sehr unterschiedlich erzählt und beim Laien entsteht dann der verwirrende Eindruck, dass es sich um unterschiedliche Lehren handeln würde. Auch die verschiedenen Religionen und ihre jeweiligen Sichtweisen und Lehren haben dazu beigetragen, obwohl derjenige, der beispielsweise Religionswissenschaft studiert, bald viele Gemeinsamkeiten zwischen ihnen entdeckt. Es gibt einen roten Faden, der sich durch alle Lehren zieht und über diese grundlegenden Erkenntnisse wollen wir zu Beginn sprechen. Hermes Trismegistos und seine Smaragdtafel habe ich schon einmal erwähnt. Die 17 bekannten Bücher des Hermes Trismegistos fassen die hermetische Weisheit zusammen. Hermetik ist also eine Weisheitslehre. Und so gilt Hermes als Götterbote und Hüter des Ur-Wissens. Dieses Wissen wurde in alter Zeit geheim gehalten. Auch die Tatsache, dass die Bibel erst von Luther aus dem Lateinischen ins Deutsche übersetzt wurde, hatte denselben Grund. Man wollte das heilige Wissen vor der Profanisierung durch Unwissende schützen, es geheim halten. Nur Eingeweihte, wie beispielsweise Priester, durften wissen. Deshalb wurden die Inhalte mittels verschiedener Methoden verschlüsselt und hermetisch versiegelt und daher spricht man davon, dass eine Schatztruhe oder ein Schrank mit wertvollem Inhalt ›hermetisch‹ verschlossen sei. Wer also nicht den Schlüssel des Wissens hat, hat keinen Zugang zu dieser Weisheit und den teilweise unglaublichen Fähigkeiten, die sie ermöglichen, und bleibt davon ausgeschlossen. Dieses Wissen wurde Kandidaten erst nach gründlicher Überprüfung ihrer Reife und Eignung im Rahmen einer rituellen Einweihung oder Initiation vermittelt.«*

David schweigt und nimmt noch einen Schluck Kaffee. Ein prüfender Blick in die Runde sagt ihm, dass er noch die volle Aufmerksamkeit und das ungebrochene Interesse seiner Zuhörerinnen hat. Dann fährt er in seinem Vortrag fort: *»Im Grunde gibt es drei Ebenen, auf denen wir Wissen erlangen können. Die Wissenschaft lehrt uns die Geheimnisse der Natur und jedem, der bereit und in der Lage ist zu studieren, steht dieses Wissen grundsätzlich offen. Das Wissen unserer Seele wird vordergründig durch das Studium von Disziplinen wie Psychologie und Philosophie erlangt. Die größten Geheimnisse der Seele verwaltet allerdings eine Disziplin, die man im Volksmund ›Magie‹ nennt. Ihr Wissen bleibt meistens ›hermetisch‹ verschlossen und wird beispielsweise nur den Mitgliedern von Geheimgesellschaften wie den Freimaurern schrittweise zugänglich gemacht. Das Wissen der dritten Ebene, dem Bereich des Göttlichen Geistes im Menschen, das manche auch ihr Höheres Selbst nennen, bleibt wenigen Eingeweihten des höchsten Grades vorbehalten. Zarathustra, Moses, Christus, Buddha und viele andere, die im Verborgenen lehrten, waren in den letzten Jahrtausenden Repräsentanten dieser Bewusstseinsebene. Während man auf der seelischen Ebene nur durch eigenes Bemühen Aufnahme in eine magische Gruppierung findet und ihr Wissen erlangt, das oft käuflich ist und nicht von einer sittlichen Reife abhängig gemacht wird, wird man in* *die höchste spirituelle Ebene nur ohne eigenes bewusstes Zutun auf Grund innerer Reife berufen und kann sich nicht aus eigenem Antrieb darum bewerben.«* David verstummt und nimmt einen Schluck Kaffee. Die Frauen nutzen die Pause, um schnell auf die Toilette zu gehen. David tritt gedankenversunken ans Fenster und schaut der untergehenden Sonne zu und wie ihre Strahlen den Himmel in rotes und oranges Licht tauchen. Es ist noch warm an diesem Abend im Mai und er sieht Fledermäuse auf der Jagd nach Insekten über die Bäume am nahen Bachufer flattern. Die Frauen sind inzwischen zurückgekehrt und so setzt sich David wieder, um in seinem Vortrag fortzufahren.

»Leider ist die Esoterik neben tiefer Weisheit voller Halbwahrheiten und teilweise sogar Lügen. Wieso ist das so? Nun, wahres spirituelles Wissen stammt aus der Einheit, wo es nur Wahrheit gibt. Der aus der Bibel bekannte Fall der Geister führte zur Spaltung in die duale Schöpfung und seitdem kann eine Information richtig oder falsch und die Absicht eines Menschen gut oder böse sein. Deshalb nennt man ja Satan auch den Herrn der Lüge. Das magische Wissen unserer Seele ist also gespalten und deshalb reden wir ja auch von weißer und schwarzer Magie. Das Problem mit der Magie ist nun die Tatsache, dass nur ein entsprechender Informationsfluss den Kandidaten in die Lage versetzt, magisch zu handeln. Allein das Wissen um ihre Geheimnisse gibt dem Schüler die Macht. Es ist gleichgültig, wie der Betreffende das Wissen erworben hat. Und so lehrt uns die Ballade vom Zauberlehrling des Dichterfürsten Goethe, dass dieses Wissen sogar gestohlen sein kann. Der Magier verlässt das Zimmer, der Lehrling sieht, dass sein Meister vergessen hat, das Zauberbuch wegzuschließen. Er stürzt sich drauf, liest und probiert das Gelesene sofort aus. Die Folge ist, dass er die Geister, die er rief, nun nicht mehr los wird und sie ihn nun manipulieren und beherrschen. Vieles in der heutigen Esoterik erinnert an diesen Zauberlehrling. Neugierige Menschen üben oft magische Techniken aus, deren Auswirkungen und Folgen sie meistens nicht überblicken. Sie werden getäuscht und durch ihr Tun in Marionetten dunkler Mächte verwandelt. Gläserrücken oder die Befragung von Verstorbenen und Geistern mittels des Ouija-Brettes oder im Rahmen von Séancen hat schon häufiger schlimme

Konsequenzen gezeigt. Insbesondere in der Magie gilt: überprüftes Wissen tut not, wenn man nicht zum Spielball satanischer Kräfte werden will.«

Wieder schweigt David und Laura nutzt das, um schnell eine Frage zu stellen, die ihr auf der Seele brennt: »*Ich habe im Fernsehen eine amerikanische Serie gesehen, wo ein bekanntes Medium Menschen zu Hause aufsucht, um ihnen Botschaften von ihren lieben Verstorbenen zu bringen. Ist das echt, und könnten wir nicht auch so mit Papa Kontakt aufnehmen?* David überlegt eine Weile und antwortet dann: »*Ja, ich kenne diese Serie und mein Eindruck ist in diesem Fall, dass das Medium authentisch und ihre Botschaften weitestgehend echt sind. Aber warum, glaubt ihr, warnt die Bibel vor dem Befragen der toten Geister? Nun, weil es sehr schwer ist als verkörperter Mensch, die seelische Ausrichtung und die Motivation jenseitiger Gesprächspartner zu durchschauen, also zu erkennen, wes Geistes Kind es ist, mit wem man da gerade kommuniziert. Und oft werden solche Menschen erst durch Schaden klug. Es ist also sehr wichtig, dass man möglichst viel über die Gesetze und Regeln der Magie weiß, wenn man sich in ihrem Feld bewegt. Und genauso wichtig ist, welche Quellen und welche Lehrer magischen Wissens man aufsucht und wie seriös diese sind. Ich habe mich da an der jahrhundertealten Tradition orientiert und Lehrer gesucht und gefunden, die nicht in erster Linie öffentlich bekannt sein wollten und horrende Honorare forderten. Aber es bleibt scheinbar immer ein Restrisiko. Doch auch in diesem Fall trügt der Schein. Das waltende spirituelle Gesetz der Spiegelung besagt, das ich immer dem Menschen begegne, das Schicksal habe, das mir karmisch und meiner Handlungsmotivation entspricht. Natürlich gibt es auch hier keinen Zufall. Und so ist es an mir, meine Motive und meine Wünsche zu hinterfragen, denn das Leben wird sie mir sonst durch die Erfahrung der Konsequenz drastisch vor Augen führen. Wenn meine Absichten rein und meine Wünsche an hohen Zielen orientiert sind, wird es kaum zu negativen Spiegelungen und Begegnungen kommen. ›Herr Dein Wille geschehe‹ ist daher eine erprobte Anrufung, die gewährleistet, dass ich nicht zum Opfer meiner niederen und oft unbewussten Triebe und Instinkte werde. Aber ich will zum Schluss noch auf die Frage von Laura konkret antworten. Im Augenblick wäre der Versuch, Kontakt mit Walter aufzunehmen, noch verfrüht. Lasst ihn sich erst in seiner neuen Heimat zurechtfinden. Ich bin mir sicher, dass, wenn ein solcher Kontakt erwünscht ist, er auf die eine oder andere Weise auch ohne unser Zutun zu Stande kommen wird.«*

Damit beendet David seinen Vortrag und die drei Frauen bedanken sich beeindruckt bei ihm. Man verabredet ein neues Treffen am kommenden Wochenende und dann verabschieden sich alle mit liebevollen Umarmungen. David tritt hinaus in die Nacht und beschließt, in einer nahen Bar noch einen Schlummertrunk zu nehmen, der ihn aus den Höhen spiritueller Lehren wieder in die Niederungen materieller Wirklichkeit bringen soll.

Universelle Wahrheiten

Jede Existenzebene hat ihre spezielle Wirklichkeit und deshalb verändern sich unsere Erfahrungen und erweitern sich unsere Wahrnehmungen von Stufe zu Stufe. Verantwortlich dafür sind unter anderem die Schöpfungsgesetze, die Walter auf seiner neuen Aufenthaltsebene nun gelehrt werden und die er verinnerlichen muss. Durch die telepathische Kommunikation, die multidimensional ist, Gedanke, Ton und Bild und die damit verbundenen Gefühle gleichzeitig übermittelt, sind komplexe und komplizierte Sachverhalte verständlich und leicht zu erfassen und sofort in seinem Bewusstsein zu verankern. In vielen Vorträgen von wechselnden Geistpersönlichkeiten erlebt Walter eine Wirklichkeit, von der er als verkörperter Mensch nicht die geringste Ahnung hatte und Ehrfurcht erfasst ihn, als er sich durch das vermittelte Wissen der Größe und Erhabenheit der kosmischen Schöpfung immer mehr bewusst wird. Wie klein ist da im Vergleich die hohe Stellung, die er als erfolgreicher und geachteter Anwalt und geschätzter Partner der führenden Köpfe seiner irdischen Zeit einzunehmen glaubte. Nichts, was ihn damals vermeintlich groß und bedeutend machte, hat nun im Lichte seines neuen Bewusstseins noch einen Wert. Hanael, der ihn von Zeit zu Zeit aufsucht, um seine Fortschritte festzustellen und zu kommentieren, ist sehr zufrieden mit seinem Schüler und stellt ihm einen baldigen Aufstieg in der Hierarchie des Bewusstseins in Aussicht. Allerdings lässt er sich darüber von Walter keine weiteren Informationen entlocken und mahnt ihn zur Geduld.

Bei seinem heutigen Aufenthalt in seinem College, wie er inzwischen seine hiesige Ausbildungsstätte innerlich nennt, geht es um zentrale Schöpfungsfragen. Der vortragende Geist ist eine sehr beeindruckende Persönlichkeit, der die sonst üblichen Referenten mit seiner

Ausstrahlung und Präsenz weit überragt. Auf seine vorsichtige Frage hin erklärt ihm ein Studienkollege telepathisch, dass es sich dabei um eine Projektion der höchsten Engelebene handele, und als er bemerkt, dass Walter das nicht versteht, verspricht er, ihm das nach dem Vortrag näher zu erklären. Dann wenden sich beide den in sie einströmenden Gedankenbildern des Vortragenden zu. Thema der heutigen Unterrichtung ist das Wesen Gottes und seiner Kinder. Walter empfindet das Übermittelte als von bisher nie erlebter Stärke, Klarheit und Durchdringung. Während er sich dieser Übertragung hingibt, ist kein Platz mehr in ihm für anderes Denken und Fühlen und fast fühlt er sich in Besitz genommen.

»Ich begrüße euch im Namen Gottes und der Dreifaltigkeit! Wie ihr wisst, werde ich heute über unseren Schöpfer und seine ersten Kinder referieren. Am Anfang war nur Gott. Gott, der in sich ruhte und sich selbst genug war. Alles war in ihm und nichts außerhalb von ihm. Da nichts getrennt von ihm existierte, gab es auch kein Sehnen und Wünschen. Alle seine Gedanken kreisten um ihn selbst und seine ganze Aufmerksamkeit galt seiner allumfassenden Herrlichkeit. Drei Wesenszüge kennzeichneten diesen Ur-Zustand Gottes: die Liebe, die Kraft und die Weisheit. Er war sich ihrer bewusst, wie ihr euch eurer Charaktereigenschaften bewusst seid, ohne dass sie zu diesem Zeitpunkt eine besondere Rolle gespielt hätten. Zwischen seinen Aspekten herrschte Gleichgewicht und eine Form von Austausch, die ihr euch noch nicht vorstellen könnt. Eines Tages sprach die Liebe zu sich selbst: ›Wie es wohl ist, geliebt zu werden?‹ Und die Macht antwortete: ›Lass es mich herausfinden!‹ Und die Weisheit mahnte: ›Niemals werden wir wieder so sein wie jetzt!‹ Die Dreifaltigkeit nennen wir so, weil die Einheit zur Erschaffung dessen, wofür es noch keinen Namen gab, erstmals ihre drei Aspekte bewusst entfaltete. Es kam sozusagen zu einer Aufgabenverteilung in Gott. Die Liebe wollte die Quelle für das Folgende noch Namenlose sein, die Kraft sollte es bewirken und die Weisheit war bereit, es zu steuern. ›Wenn ich mich geliebt fühlen will‹, so dachte die Liebe, ›muss es etwas geben, was ich nicht bin, dessen Liebe ich wie von außen kommend erfahre. Da es außer mir aber nichts gibt, muss das, was mich lieben soll, aus mir selbst kommen.‹ Die

Weisheit hatte die Idee und machte einen Plan. Und die Kraft setzte ihn um. Und so explodierte im Urknall die Einheit in die Vielheit.«

Begleitet waren diese Worte in Walters Kopf von beeindruckenden Bildern und Gefühlen. Sie sind zu groß und zu stark, um sie in Worte fassen zu können. Einem Empfinden in sich ruhender Geborgenheit, vergleichbar einem Embryo im Mutterleib, folgten Bilder einer gigantischen Explosion, die sich im Raum ausbreitet, den es vorher noch gar nicht gab. Wieder erklang diese kraftvolle Stimme in Walters Kopf. *»Die Kraft besaß die Macht, alles zu erschaffen, was die Liebe ersehnte und die Weisheit vorausschauend geplant hatte. Es war ihre Idee gewesen, sich quasi selbst zu zerstückeln, das Ganze in viele Teile zu entfalten und jedes Teil auf die Reise zu schicken. Da jedes dieser Teile ein Stück von Gott war, blieb es auch in untrennbarer Verbindung mit dem im Urzustand verbleibenden Restganzen. Die Trennung war eine rein äußerliche. Und seitdem erfährt sich Gott über die scheinbar von ihm abgespaltenen Teile, die alle, jedes für sich, bald ein Eigenbewusstsein entwickelten. Diese erste Schöpfung war rein geistiger Natur und die entstandenen Individuen fühlten sich trotzdem im ewigen Verbund mit ihrem Ursprung und verstanden sich selbst als Gottes Kinder. Alles, was sie auf ihrem weiteren Weg erfuhren, kam somit auch ihrem Vater zugute, bereicherte ihn und er freute sich über ihre Wertschätzung und ihre bedingungslose Liebe. Mit dem Raum war nun auch die Zeit entstanden und so vergingen Äonen harmonischer Beziehung zwischen Gott und seinen Lichtkindern.«* Die Stimme in Walters Kopf schweigt und alle Zuhörer empfangen den Impuls, dass es ihnen telepathisch mitgeteilt wird, wann der Vortrag fortgesetzt wird.

Beim Verlassen des Gebäudes schließt sich Walter der Studienkollege an, der versprochen hat, ihm etwas über die Natur und die Persönlichkeit des Referenten zu erklären. Robert Newman, wie sein neuer Bekannter in seinem irdischen Leben hieß, hat Anfang des 19. Jahrhunderts im englischen Manchester gelebt, ist also schon länger hier und dementsprechend weiß er schon etwas mehr über die auf der hiesigen Existenzebene herrschenden Gegebenheiten. »*Als Kinder Gottes werden in erster Linie die genannt, die als Erste aus der Einheit entstanden. Sie sind dem Ursprung sehr nahe und haben noch Qualitäten, die in den folgenden Schöpfungszyklen nicht mehr so stark vorhanden sind. Sie wurden selbst zu Schöpfern und ihre Kinder und Kindeskinder bevölkern seitdem den ganzen Schöpfungsraum. Die Schöpfung hat nie aufgehört und so entstehen ständig neue Wesen, die dem ursprünglichen Plan folgen, sich den geschaffenen Raum auf immer neue Art und Weise untertan zu machen und so zur weiteren Entwicklung des Ganzen beizutragen. Die erste Schöpfung – nennen wir sie mal die Elterngeneration – hat nun so nahe beim Ursprung geistige Fähigkeiten, die bei ihren Kindern und Enkeln nur sehr viel schwächer ausgeprägt sind. Sie sind zum Beispiel in der Lage, Projektionen von sich selbst in alle Schöpfungsräume auszusenden, ohne dass der Betreffende dabei seinen eigentlichen Standort verlässt. Wie ein Projektor, der seine Bilder auf eine Leinwand wirft, können sie ein Abbild von sich überall erscheinen und agieren lassen. Dieser Doppelgänger hat dann all die Befähigungen, mit denen ihn sein ursprüngliches Wesen ausgestattet hat und die sein Auftrag erfordert. Die menschlichen Religionen sprechen dann beispielsweise von Engelwesen, die plötzlich wie aus dem Nichts erscheinen und nach Beendigung ihres Auftrags wieder verschwinden. Unser Referent eben ist so eine Projektion von der Wesenheit, die viele Namen hat und nur in der christlichen Religion Erzengel Michael genannt wird. Nur bei besonderen Aufträgen, die einen langen Aufenthalt auf der betreffenden Erscheinungsebene erforderlich macht, wird eine Verkörperung in der entsprechenden Körperform der dort lebenden Wesen gewählt.*« Robert schweigt und verabschiedet sich dann für den Moment von Walter, da auf ihn noch weitere Ausbildungen in einem anderen Gebäude dieser kosmischen Universität warten.

Inzwischen trainiert Walter seine neue Befähigung, vor sich im Raum ein Gebilde gleich einem Bildschirm entstehen zu lassen. Mit seiner Hilfe hat er Einblicke auf die irdische Sphäre und kann die weitere Entwicklung seiner Lieben auf Erden mitverfolgen. Allerdings ist es ihm noch nicht erlaubt, auch mit seiner ehemaligen Frau und seinen

Töchtern in unmittelbaren Kontakt zu treten, und er hofft, dass dies vielleicht nach dem von Hanael angekündigten Entwicklungssprung möglich sein wird.

Auch auf dieser Ebene erfährt Walter vieles noch so, wie er es von seiner irdischen Heimat her gewohnt ist. Der Schein irdischer Rahmenbedingungen wird aus psychologischen Gründen vorerst immer noch gewahrt. Es gibt immer noch Raum und Zeit und so beginnt jeder Tag mit einem wunderschönen Sonnenaufgang und endet mit einem traumhaften Untergang und einem nachtschwarzen Himmel mit vollem Mond. Man sieht die Sterne der Milchstraße und noch fernere Nebel, bestehend aus Millionen von Sonnen. Dieser Ablauf bleibt zumindest so lange, wie er es sich nicht anders wünscht. Und so hat er begonnen, Experimente zu machen und seine Fähigkeiten und die Möglichkeiten seiner aktuellen Existenzebene zu erforschen und zu trainieren. Gestern beispielsweise hat er all seinen Mut zusammengenommen und ein Gewitter erschaffen. Am Ende war er froh, als ein intensiver Wunschgedanke den wütenden Sturm, die grellen Blitze und den prasselnden Regen wieder schnell zum Abklingen und dann gänzlich zum Verschwinden brachte. Auf seine vorsichtige Nachfrage hin, haben ihm Studienkollegen erklärt, dass sie nichts davon mitbekommen haben. Für sie war das Wetter wie immer harmonisch gleichbleibend. Nun mutiger geworden, will er heute eine Reise zum Mond machen. Ob er dort wohl atmen kann, fragt er sich, und beschließt, sich vorsichtshalber einen Raumanzug zu erschaffen, man kann ja nie wissen! Sein Ausflug wird dann für ihn weniger spektakulär, als er es erhofft hat. Es ist für ihn dann vergleichbar so, wie er es bereits aus dem Fernsehen seines Erdenlebens her kennt, nur konkreter und realer. Am meisten beeindruckte ihn auf dem Mond das durch keine Atmosphäre verfälschte Himmelspanorama und die große blaue Erdkugel, die zum Greifen nahe vor ihm zu schweben scheint. Als er sich wieder in sein Domizil zurückwünscht, findet er dort Hanael vor, der auf ihn wartet.

»Heute will ich dich in den Tierhimmel mitnehmen«, eröffnet ihm sein Geistführer, und Walter ist erstaunt, dass es so etwas überhaupt gibt. Ehrlich gesagt hat er sich noch nie Gedanken darüber gemacht, was mit Tieren nach ihrem Ableben geschieht. »Als du noch Erdenmensch warst, war dir nicht bewusst, dass du schon viele Male inkarniert warst. Du glaubtest, mit dem Tod sei alles vorbei. Nun weißt du es besser. Aber hast du dir schon einmal Gedanken gemacht, woher du damals gekommen bist und was vor deinem Leben als Walter Nowak gewesen ist? Walter muss zugeben, dass dem nicht so ist, und es wird ihm wieder einmal bewusst, wie wenig er bis jetzt über das Wunder des Lebens weiß. »Es wird dich vielleicht erstaunen, aber das war dein 387. Leben auf Erden. Und nicht in allen davon warst du Mensch. Wie du inzwischen gelehrt wurdest, dient die Schöpfung der Erfahrung des Geistes in allen möglichen Formen und sehr unterschiedlichen Schöpfungsräumen. Neben der Menschenform gibt es im Kosmos beispielsweise Geister, die eine Entwicklung in der Reptilien- oder Insektenform vorgezogen und sich auf Planeten entwickelt haben, die eine ganz andere Natur und Atmosphäre aufweisen. Entsprechend machen sie seelisch ganz andere Erfahrungen und haben ganz fremde und andersartige Kulturen und Zivilisationen entwickelt. Doch auch sie sind Kinder Gottes und bringen ihre Erfahrungen in das Ganze mit ein. Wenn du am Anfang deiner Entwicklung und Bewusstwerdung als Geist dich auf unteren Ebenen erfahren willst, brauchst du auch auf jeder Stufe einen Körper aus den Bausteinen der betreffenden Ebene, der dir die gewünschte Erfahrung erst ermöglicht. Beim Abstieg aus lichter Höhe erschaffst du dir zuerst einen transparenten Lichtkörper, wie du ihn bei mir schon beobachtet hast. Dem folgen bei weiterem Abstieg immer dichter werdende Körper bis letztlich, wie zu Beginn und dem Verlauf deines letzten Lebens, ein fester irdischer Körper folgt. Wir werden später darüber sprechen, wie sich dein Ichbewusstsein dabei verhält.

Die Erde ist eine Schule mit vier Klassen oder Naturreichen. Und als braver Schüler beginnst du deinen Unterricht in der ersten und untersten, dem Mineralreich. Nun bist du ein Berg oder ein Fluss oder erfährst dich beispielsweise als Lava. Du lernst die Grundzustände der Materie und ihre

Elemente kennen. Danach gehst du in die zweite Klasse, das Pflanzenreich.
Dort lernst du, was es heißt, als Baum Teil eines Waldes zu sein, als Blume
dich der lebensspendenden Sonne zuzuwenden oder als Brennnessel dich
verteidigen zu können, und entwickelst erste rudimentäre Gefühle. Wenn
alles, was dich das Pflanzenreich lehren kann, integriert ist, wandert deine
Seele in die nächste Klasse, das Tierreich. Hier erfährst du dich in vielen
Tierformen und jede ist ein extrem anderer Ausdruck des Lebens mit sehr
unterschiedlichen Verhaltensnormen und Entwicklungsmöglichkeiten. Du
lernst die Intensität von Gefühlen kennen und schätzen und beginnst mit
der Entwicklung deiner individuellen Persönlichkeit, die erst in der vierten
Klasse ihre Vollendung erfährt und du nun Mensch geworden bist. In Ge-
stalt der irdischen Tiere, deren Himmel wir nun aufsuchen wollen, hast du
also ein Wesen vor dir, dessen seelisch-körperliche Form noch in der Tier-
stufe geschult wird, aber bald zum ersten Mal Mensch werden darf. Und
so merkst du dir, dass alles vom Stein bis zum Menschen beseelt ist, also
ein Bewusstsein in sich trägt, das auf langen und sehr unterschiedlichen
Wegen der Vollendung und der Rückkehr ins Licht entgegenstrebt. Deshalb
gebührt jedem Ausdruck des Lebens und des Seins Respekt und daher gibt
es so viele Beziehungen insbesondere zwischen Mensch und Tier. Haustiere
sind in der Regel in einer Entwicklungsstufe, die der Menschwerdung un-
mittelbar vorausgeht. Sie lernen schon das spätere Menschsein durch den
intensiven Kontakt und das Zusammenleben kennen und bekommen, wie
in einem Vorbereitungskurs, erste Vorstellungen von dem, was später auf
sie zukommt.«

Hanael beendet seine Ansprache, nimmt Walter am Arm und wieder erlebt dieser das Wunder der Teleportation und der Projektion
seiner Person an einen anderen Ort, gleichgültig wie weit dieser entfernt sein mag. Auf den ersten Blick macht dieser Himmel der verstorbenen Tiere den Eindruck einer idealisierten Naturlandschaft
ohne Menschen und deren zivilisatorischen Schöpfungen. Eine
Atmosphäre des Friedens und der Geborgenheit liegt über dieser
Welt, die in sehr unterschiedliche Lebensräume unterteilt ist, die
offenbar jeweils den Bedürfnissen der dort lebenden Tierarten ange-

passt ist. Sattgrüne Wiesen wechseln sich ab mit Flusslandschaften, schneebedeckte Berge ragen aus braunen Wüsten hervor und aus Urwäldern hört man die Rufe der unterschiedlichsten Tierarten.

Beim näheren Hinschauen entdeckt Walter geflügelte Wesen, die sich um die einzelnen Tierarten kümmern, und Hanael erklärt ihm, dass dies Naturgeister seien, deren Aufgabe es ist, sich wie Kindergartenschwestern um die jungen Seelen der diversen Naturreiche und insbesondere die des Tierreiches zu kümmern. Es fällt auf, dass hier alle Arten friedlich nebeneinander leben und selbst Raubtiere keine Angriffe auf andere Tierpopulationen starten. Walter fragt sich, wie sie, ohne andere Tiere zu töten und zu fressen, überleben können.

Unaufgefordert erklärt ihm Hanael, dass es im Grunde genauso wie bei den verstorbenen Menschen sei. Und es wird Walter bewusst, dass er ja auch hier bisher nichts essen musste, weil er keinen Hunger verspürte. Ihre Energien beziehen die Verstorbenen auf dieser Existenzebene aus ihrer Umgebung, die alle speist und am Leben erhält. Das Problem bei den Tieren hier sei allerdings, erklärt Hanael weiter, dass sie auf Erden ihre wache Zeit teilweise bis zu 80 Prozent mit der Suche nach Futter und Fressen verbracht hatten und diese Aktivitäten hier ersatzlos wegfallen. Und so sei es hier eine der Hauptaufgaben der Naturgeister und speziell ausgebildeter Engel, die Tiere wie Trainer mit spielerischen Aktivitäten zu beschäftigen, die sie fordern und ihnen helfen, ihren Verstand und ihr Bewusstsein im Hinblick auf ihre spätere Menschwerdung weiterzuentwickeln und zu steigern. Zu Lebzeiten waren Walters Lieblingssendungen im Fernsehen Natur- und Tiersendungen gewesen und er erinnert sich jetzt daran, dass Tiertrainer im Zoo berichtet hatten, wie wichtig ihre Trainingsstunden für das seelische und körperliche Wohl ihrer Schützlinge seien.

Wie aus Geistern Menschen werden

Nachdem Walter sich immer mehr an das Leben nach dem Tod gewöhnt hat und es ihm zunehmend schwerfällt, sich an das, was er sich als Mensch so dringend ersehnte und für ihn von so großer Bedeutung war, jetzt auch nur zu erinnern, steigt in ihm die Frage auf, warum die Bewohner dieser Ebene es sich überhaupt wünschen, wieder und wieder physisch verkörperte Menschen zu werden. Was ist ihre Motivation, was treibt sie an? Hier scheint doch alles viel besser zu sein. Nichts, was die Menschen auf Erden so leiden lässt, existiert hier. Kein Krieg, keine Not, keine Krankheiten, kein Mangel, und was man sich wünscht, materialisiert sich hier sofort, wie im Märchen vom Tischlein deck dich. Als Walter seinem Geistführer diese Frage stellt, wird daraus eine Lehrstunde zum Thema Schicksal und Evolution.

Hanael hat ihn zu einer einsamen Bank im Park im Campus geführt und beginnt dann mit seinen Erklärungen. »*Dieses Verhalten lässt sich nur verstehen, wenn wir an den Anfang der Geschichte gehen, dorthin, wo der Weg des Menschen beginnt. Alles begann nach dem Urknall auf einer sehr viel höheren Ebene als hier. Der größte Wunsch des Geistes dort und sein stärkster Antrieb war und ist sein Bedürfnis nach Selbsterfahrung. Das war das Motiv unseres Schöpfers, aus der Einheit zu treten und in Folge das seiner Kinder, den ganzen Schöpfungsraum zu erforschen und sich darin gespiegelt zu sehen. Den göttlichen Geist in dir spürst du als dein innerer Motor, der dich unablässig vorwärts und zu neuen Ufern treibt. Dein Kernwesen braucht keine Ruhe, um sich zu erholen, und ist deshalb ständig auf der Suche nach neuen Erfahrungen. Es will ununterbrochen wissen, wie es ist. Und es gibt in Gottes Schöpfung unendlich viel zu erfahren, ohne dass der Sucher jemals an ein Ende kommen wird. Am Anfang dieser Suche, zu Beginn eines neuen Lebens und nach Beratung durch höhere Geistwesen,*

sozusagen ältere Brüder, legt der Geist den Weg und das Ziel der bevor-
stehenden Verkörperung fest. Das heißt, er macht zuerst einen Plan und
verhält sich dabei wie ein irdischer Filmproduzent, der einen neuen Film
drehen will und zuerst ein Drehbuch erstellt. In diesem Drehbuch wird alles
festgeschrieben, was im folgenden Film beziehungsweise Leben ablaufen,
konfrontiert, gespiegelt und somit erfahren werden soll. In den einzelnen
Plankapiteln wird ein Ablauf festgehalten, der dem Karma des Betreffenden
entspricht. Und so ist gewährleistet, dass dir nichts im kommenden Leben
begegnet, was nicht von dir selbst geplant beziehungsweise karmisch verur-
sacht wurde. Danach wird für den neuen Lebensfilm ein Casting gemacht.
Rollen werden nach Absprache mit anderen bekannten Seelen besetzt, um
altes Karma zu erlösen und neue bereichernde Erfahrungen zu machen.
Deshalb wirst du bald erfahren, dass dir niemand, der eine wichtige Rolle
in deinem vergangenen Leben spielte, fremd war. Deine Eltern, Kinder,
Freunde und Feinde sind alles gute alte Bekannte, die du zum beiderseitigen
Nutzen für deinen Film engagiert hattest. Nachdem also all das geplant
und festgeschrieben ist, beginnen die Dreharbeiten, startet das betreffende
Geistwesen in ein neues Leben als irdischer Mensch.«

Walter bezweifelt, ob er diese komplizierten und komplexen Sachverhalte in einem normalen menschlichen Zustand jemals verstanden
hätte und ist zum wiederholten Mal sehr dankbar für diese besondere innere Kommunikation, die ihn auch schwierige Themen einfach und unproblematisch verstehen lässt. Er bittet Hanael fortzufahren und konzentriert sich auf den Gedankenstrom, der daraufhin
seinen Kopf ausfüllt. *»Ist die Entscheidung für eine neue Inkarnation*
auf Erden gefallen, der Lebensplan erstellt und die Absprachen mit ande-
ren Seelen getroffen, beginnt die Transformationsphase. In der Regel ist
es so, dass hier jede Menschengruppe je nach ihrer früheren Religionszu-
gehörigkeit andere Rahmenbedingungen erlebt. Die Christen erleben als
ihr Umfeld Kulissen aus ihrer biblischen Glaubenswelt, die sie unbewusst
selbst erschaffen, die Moslems begegnen Mohammed und die Buddhisten
wiederum kreieren gern Szenen aus Buddhas Leben. Da du keine Glau-
bensvorstellungen hattest, aber auf Erden versucht hast, ein guter Mensch

zu sein, spiegelt sich das hier in den von religiösen Vorstellungen weitgehend freien Hintergründen und Rahmenbedingungen deiner hiesigen Existenz und einer Atmosphäre neutraler und objektiver Gelehrsamkeit, die nicht geprägt und überfrachtet ist von irgendwelchen Glaubenssätzen, Dogmen oder dubiosen Weltanschauungen. Es erlebt also jede dieser Glaubensgruppen die Transformationsphase vordergründig anders, eben entsprechend ihren Glaubenshintergründen. Der eigentliche Kernprozess ist aber überall gleich.«

Hanael hält inne und lässt Walter Zeit, das Gehörte zuerst einmal zu verdauen. Sein Schützling ist immer wieder erstaunt und beeindruckt über den weiten Horizont des Wissens und der Gelehrsamkeit, der sich hier für ihn öffnet. Und es erschreckt ihn fast, dass die verkörperten Menschen dort unten so wenig über diese doch so wichtigen Fakten jenseitiger Existenz wissen. Umso mehr freut es Walter, wenn er über seinen Bildschirm die Fortschritte beobachten kann, die diesbezüglich seine Familie unter Anleitung Davids macht. Das, was sein Sohn den anderen Familienmitgliedern vermittelt, ist, wie Walter jetzt erkennt, von unschätzbarem Wert für deren weiteres Schicksal. Nachdenklich wendet er seine Aufmerksamkeit wieder seinem Lehrer zu und bittet ihn, in seinen Erklärungen fortzufahren.

»Für die Transformation und den Übergang in die irdische Welt suchen Geister hier, je nach ihrem Glaubensinhalt, Moscheen, Tempel oder Kirchen auf, wo im Rahmen heiliger Zeremonien die Verwandlung initiiert wird, an deren Ende der Kandidat immer mehr zu einem Lichtpunkt geschrumpft und verdichtet wird. Hast du dir einmal bewusst gemacht, wie der Geist in die Flasche kommt? Mit diesem scherzhaften Vergleich will ich darauf aufmerksam machen, welches Wunder die Verschmelzung von Geist und Materie bei der Zeugung ist. Die vordergründigen biologischen Abläufe sind dir bekannt. Ein männliches Spermium verschmilzt mit einer weiblichen Eizelle. Aber was passiert im Hintergrund? Wie kommt in die befruchtete Eizelle nun Seele und Geist und wie wird aus einer winzigen Zelle mit der Zeit ein ausgewachsener Mensch, dessen Körper nun aus vielen Milliar-

den dieser Zellen besteht? *Erinnere dich, was die menschliche Astrophysik über den Urknall sagt. Aus einem fußballgroßen Gebilde immenser Dichte soll bei seiner Explosion alles, was ist, entstanden sein. Alle Sonnen und Planeten, die Milliarden Galaxien, also letztlich der ganze Kosmos. Ein unvorstellbares Geschehen, das nun in der Zeugung seine Widerspiegelung findet. Ein Geist verdichtet sich während der Transformationsphase so sehr, dass er in diese winzige befruchtete Eizelle Einzug halten kann. In eurer neuesten Forschung entstehen winzige Chips, die die Information ganzer Bibliotheken speichern können. Daraus lernen wir, dass ein kleines Volumen eine gigantische Schöpferkraft und eine riesige Informationsmenge beinhalten kann. Auf der obersten Ebene gibt es nur Einheit, also weder Zeit noch Raum und damit auch kein begrenzendes Volumen. Klein und groß sind duale Gegensätze, die dort oben so nicht existieren. Der gleiche Geist ist gleichzeitig alles und nichts, konzentriert im dimensionslosen Punkt und ausgedehnt in der Weite des Alls. Letztlich sind das Zustände, die nur der erhabenste Geist erleben und verstehen kann und so wollen wir uns nicht weiter damit beschäftigen.*

In diese winzige befruchtete Eizelle halten nun zwei Einzug, die Seele und der Geist. Der Geist ist der göttliche Aspekt, der als reiner Beobachter in das weitere Geschehen nicht mehr eingreift und alles Weitere der von ihm geschaffenen Seele überlässt. Sie ist der Teil des Ganzen, der denkt und fühlt und danach aktiv die Dinge gestaltet und inszeniert. Zur Umsetzung braucht die Seele dafür den Körper, in den sie bei der Zeugung einsteigt und dessen Entstehung und Erhaltung sie vom Mutterleib bis zur Bahre überwacht. Der Geist hat nun dafür gesorgt, dass bei dieser Transformation und dem Einzug in die Materie die Seele alles über ihre Herkunft vergisst und sie sich ganz auf das bevorstehende Leben konzentriert. Hätte sie das Wissen um ihre Herkunft und das jenseitige Wissen, wäre ein sinnvolles Leben als Mensch nicht möglich. Erinnere dich, der Geist will als der Beobachter in uns die Dinge immer aus einer neuen Perspektive erfahren. Er will dabei das erleben, was er von zu Hause aus nicht kennt. Er kann es zwar von oben beobachten, aber nicht erfahren. Du kannst im Kochbuch ein tolles Gericht beschrieben und abgebildet sehen, aber erst wenn du es kochst und isst, weißt du wirklich, wie es schmeckt. Viele Erfahrungen auf Erden sind erst dadurch möglich, dass die Seele ihren Hintergrund vergessen hat. Wie könnte sie beispielsweise unter Mangel leiden, wenn sie sich erinnern würde, dass es im wahren Sein nur Fülle gibt. Wie wäre die Erfahrung von Todesangst möglich, wenn sie sich daran erinnern könnte, dass ihr Leben tatsächlich ewig und der Tod nur ein Übergang ist. Eine große Menge menschlichen Erlebens wäre für den Geist nicht erfahrbar, wenn sich seine Dienerin, die Seele, an ihre wahre Existenz erinnern würde. Diese äußerst wichtigen Fakten wirst du in der kommenden Ausbildung noch öfter hören, denn Wiederholung vertieft das Verständnis.

Und mit noch einer menschlichen Fehleinschätzung wollen wir hier aufräumen. Menschen glauben, dass sie sich entwickeln müssen. Dass sie unvollkommen und daher verbesserungswürdig sind. Mach dir also noch einmal bewusst, dass dich doch ein vollkommenes Wesen, wie es dein göttlicher Geist nun mal ist, letztlich erschaffen hat. Und Gott erschafft nur Vollkommenheit. Wieso scheinen Menschen und vieles andere in der Schöpfung dann so fehlerhaft und reparaturbedürftig? Es ist zwar für dich sehr schwer, aber du musst dich jetzt mal ganz von deiner menschlichen Betrachtung und Bewertung verabschieden und versuchen, das Ganze von einer höheren Warte aus zu betrachten und zu verstehen. Der Geist will sich erfahren. Und zwar das, was er von zu Hause nicht kennt. Und das sind alle dualen Zustände. Für Menschen ist zum Beispiel das Leid eine unangenehme Erfahrung, der sie am liebsten aus dem Weg gehen würden, und trotzdem wissen sie gleichzeitig, dass sie sich ohne Leid nicht verändern würden. Dass Leid die Kraft in ihnen freisetzt, ihre angeborene Trägheit zu überwinden. Dieser ganze Prozess und seine Erfahrung sind für ein geistiges Wesen nicht nachvollziehbar. Seine Rahmenbedingungen lassen das einfach nicht zu. Und so fragt es sich: Wie fühlt sich Leid an, wie wirkt sich Nichtwissen aus, was ist Trägheit, was ist Angst? Und es wächst in ihm der Wunsch, das Unbekannte, die duale Schöpfung und alles, was sie mit sich bringt, kennen und erfahren zu können.

Und so wird dieselbe Sache, die gleiche Erfahrung auf den verschiedenen Ebenen und von unterschiedlich hohem Bewusstsein unter Umständen *konträr bewertet. Was für einen verkörperten Menschen ein sehr negatives und leidvolles Erleben ist, kann aus Sicht seines Geistes eine wertvolle neue Erfahrung sein. Und letztlich kommt es nur darauf an, was und welchen Nutzen der Geist daraus zieht. Da dieser Umstand für Menschen sehr frustrierend wäre, sollen sie anfänglich möglichst wenig darüber wissen. Mit der fortschreitenden seelischen Entwicklung des Menschen ändert sich das.*

Das Wort »Entwicklung« weist darauf hin, dass etwas aufgewickelt wird und in Erscheinung tritt, was doch schon von Anbeginn an vorhanden war. Die Seele erkennt sich nun als das, was sie tatsächlich ist und immer war. Reifer Ausdruck und Instrument und untrennbarer Teil eines unsterblichen Geistes. Und sie muss nun keine Erfahrungen mehr machen, die sie scheinbar nicht gewollt und nur ihr Karma gefordert hat. Sie entscheidet nun selbst in dem Maße, wie sie eins wird mit ihrem Ursprung und es am Ende keinen Unterschied mehr zwischen ihr und ihrem Schöpfer gibt. Wählt sie nun Leidvolles, so wie Jesus seine Passion, dann geschieht das bewusst, als freiwillige Wahl und zu einem höheren Zweck, der auch dem verkörperten Menschen noch bewusst ist. Hohe Geistwesen haben verinnerlicht, dass Dienen der Schlüssel zur Vollkommenheit ist. Und so dient das Mineral der Pflanze, die Pflanze dem Tier und das Tier dem Menschen. Der Dienst des Menschen besteht anfänglich hauptsächlich darin, dass er durch seine Leben auch unbewusst zur allgemeinen Bewusstseinsanhebung beiträgt. Denn wie steht geschrieben: Wer herrschen will, muss zuerst dienen lernen!«

Hanael beendet seinen Unterricht und Walter fühlt sich wie erschlagen von der Fülle und der Bedeutungsschwere des Gehörten. Er verabschiedet sich dankbar von seinem Lehrer und will bei einem Spaziergang durch das Campusgelände das Ganze erst einmal etwas sacken lassen, bevor er sich seiner weiteren Ausbildung widmen kann.

Nichts ist so, wie es scheint

S abine und ihre Töchter haben sich inzwischen an das Tragen
ihrer Diamantketten so gewöhnt, dass sie fast keinen anderen
Schmuck mehr anlegen. Es ist so, als wenn der jeweilige Stein eine
innige Verbindung zwischen seinem Träger und dem Verstorbenen
herstellt, die über die eines reinen Erinnerungsstücks hinausgeht.
Alle drei haben öfter intensive Träume von ihrem Mann und Vater, in
denen er zu ihnen zu sprechen scheint. Als sie David davon berichten,
wundert den das nicht, denn er weiß schon lange, dass Objekte, die
von Menschen länger genutzt oder getragen wurden, deren Energie
annehmen. Um wie viel stärker muss dann die Ausstrahlung und
Wirkung eines aus der Asche eines Verstorbenen gewonnenen Diamanten sein. Und er berichtet seinen gespannt lauschenden Zuhörerinnen beim nächsten Treffen, dass es medial begabte Menschen
gibt, die allein durch das intuitive Berühren und Fühlen von Bildern
oder Kleidungsstücken auf die Spur von Vermissten kommen, und
es sogar Medien gibt, die auf diese Weise von der Polizei genutzt
werden. Er erklärt ihnen, dass jedes Objekt Träger von Energie ist, die
man sogar beeinflussen, verändern und aufladen kann. Allerdings
handele es sich dabei nicht um grobe Elektrizität, wie im Fall einer
Batterie, sondern um feinstoffliche Energie, die mit Instrumenten
nicht erfasst, aber von sensiblen Menschen gefühlt werden kann.
Und er fährt fort:

>Energie wirkt sich auf Materie aus. Und so ist es die hohe Bindungsener-
gie der Kohlenstoffatome, die einen Diamanten so hart sein lässt. Seine
innere Gitternetzstruktur, also die Anordnung seiner Atome, ist dafür verantwortlich. Hart oder weich ist aber in der Materie ein relativer Begriff,
denn tatsächlich besteht jede Materie zu 99 % aus Leere. Es sind dabei die
Atome, die Bausteine der Materie, die zum großen Teil aus leerem Raum

bestehen. *Jedes Atom verfügt über einen positiv geladenen Kern, der fast die ganze Masse des jeweiligen Atoms enthält und eine negativ geladene Elektronenhülle. Der leere Raum dazwischen ist riesig. Würde man einen Atomkern beispielsweise auf das Volumen eines Kirschkerns vergrößern, so wäre seine Elektronenhülle 2,5 km entfernt, der nächste Atomkern 5 km. Der Raum dazwischen wäre reine Energie. Interessierte fragen deshalb öfter, wieso wir dann überhaupt ein Objekt als fest empfinden und unsere Hand nicht durch unser Fleisch wie durch Nebel hindurchgleitet, wenn wir uns auf den Schenkel schlagen. Die Erklärung ist das Pauli-Prinzip, das das Wesen und Verhalten der Elementarteilchen und Quanten beschreibt, das aber so schwierig und komplex ist, dass es, außer von Physikern und Chemikern, von Laien nicht verstanden wird. Auch ich verstehe es kaum und so will ich erst gar nicht versuchen, es dir zu erklären.*

In der Esoterik sprechen wir vom Ätherkörper und seinen Energien. Das wäre, übersetzt in die Sprache der Wissenschaft, der subatomare Bereich der Elementarteilchen, Quanten und Strings. Aus esoterischer Sicht ist dieser Ätherkörper der Bauplan, den jede Seele erstellt und nach dem sich der menschliche Körper aufbaut. In ihm befindet sich die Quelle der Lebensenergie, die die hinduistische Philosophie die Kundalini nennt, deren Fluss vom Becken bis zum Scheitel energetische Wirbel erzeugt, die inzwischen schon vielen Menschen bekannten Chakren. All das können verkörperte Menschen nur glauben, denn die ihre Sinne erweiternden heute existierenden Instrumente können diesen wichtigen Lebensbereich noch nicht erfassen. Aber selbst die gröberen Atome und Moleküle können wir ohne diese Hilfsmittel weder sehen noch fühlen und doch zweifelt niemand mehr an ihrer Existenz. Das heißt, der Unterschied zwischen Glauben und Wissen ist fließend. Was die einen wissen, können die anderen nur glauben. Der Glaube ist aber eine Kraft, die Wunder bewirken kann. So wissen wir heute, dass der Glaube an ein Placebo, also ein Medikament ohne Wirkstoff, körperliche Veränderungen herbeiführen und positiv beeinflussen kann. Millionen von Menschen nehmen weltweit hochpotentielle homöopathische Mittel, weil sie ihre positive Wirkung auf sich erfahren haben, was ihnen aber ein gestandener Wissenschaftler nicht glaubt, weil doch in diesem Mittel weder

Atome noch Moleküle, also keine materiellen Wirkstoffe, mehr nachweisbar sind. Das Problem ist also, dass wissenschaftlich orientierte Menschen nur das annehmen können, was durch Instrumente bewiesen und belegt ist. Deshalb hatte die zwischenzeitlich allseits anerkannte Quantenphysik anfänglich auch so große Probleme, da sie nur eine Theorie und ihre Erkenntnisse noch nicht gänzlich durch Instrumente nachweisbar war. Selbst Einstein zweifelte. Es gelang ihm nie, die Quantenverschränkung mit seiner Relativitätstheorie vollkommen in Einklang zu bringen.«

David unterbricht seine Rede, um einen Schluck Wasser zu nehmen, und die Zwillinge nutzen die Pause, um kundzutun, dass sie gerade sehr froh seien, einen Leistungskurs in Physik in der Oberstufe ihres Gymnasiums besucht zu haben. Sabine hatte es da noch schwerer, den Ausführungen Davids zu folgen, und so gelobt er, sich zukünftig weniger intellektuell und fachspezifisch und dafür mehr allgemein-verständlich auszudrücken. Er überlegt, wie er das folgende Thema so formulieren kann, dass es von seinen Zuhörerinnen auch verstanden wird. Und so fährt er nach einem weiteren Schluck Wasser mit seinem Vortrag fort. *»Unsere Sinne nehmen nur eine kleine Bandbreite der Wirklichkeit wahr. Tiere vollbringen da oft viel größere Leistungen. Und so spüren und reagieren sie beispielsweise auch häufig mit Angst und Verweigerung auf die Präsenz unverkörperter Wesen, insbesondere wenn diese nichts Gutes im Schilde führen. Auch die Wahrnehmungssensibilität von Kindern ist oft höher als die der verkopften Erwachsenen und so nehmen sie bis zum Alter von etwa sieben Jahren häufig noch anwesende Naturgeister wahr, sprechen und spielen mit ihnen. Dann schließt sich bei den meisten dieses Tor und sie können sich schon Monate später nicht mehr an ihre Begegnungen erinnern. Paranormale Wahrnehmung ist also durchaus ein Erbe, das bei den meisten von uns im Unterbewusstsein schlummert, aber normalerweise nicht genutzt wird. Im Alltag begegnen uns die Nutzer dieses Erbes beispielsweise als Wünschelrutengänger, Wahrsager oder Medien. Eine der ersten Techniken, die der Anfänger zur Weckung und Bewusstwerdung der in ihm schlummernden Fähigkeiten nutzt, ist das Pendeln. Der Pendel drückt durch seine Schwingungen unsere* *inneren Wahrnehmungen aus. Er zeigt wie ein Uhrzeiger dem Betreffenden im Außen das, was, wie beim Uhrwerk, im Innen existiert und bisher unbemerkt abläuft. Und so pendeln Wünschelrutengänger und Heiler die Energiequalität von Organen, Räumen und Objekten oder beispielsweise den Standort von Wasseradern aus. Ihr Inneres nimmt dabei paranormal Sachverhalte wahr, die es über die Bewegungen der Wünschelrute oder des Pendels im Außen sichtbar macht.«*

David schweigt, greift in die Tasche und holt einen Kristallpendel heraus. Dann stellt er sich neben Sabine und lässt den Pendel langsam von ihrem Steiß bis zu ihrem Scheitel wandern. An bestimmten Punkten entlang der Wirbelsäule beginnt der Pendel in Kreisen abwechselnd rechts- und linksherum zu schwingen. Verwundert und etwas ratlos blicken ihn die Zwillinge an und so erklärt er ihnen, dass er soeben die Hauptchakren von Sabine ausgependelt und dadurch ihren seelischen Zustand festgestellt habe. Immer noch ist Unverständnis in den Augen der Mädchen zu sehen und so erklärt er ihnen die Funktion und Aufgabe dieser Energiewirbel in jedem Menschen. *»Aus einer Kapsel im Becken strömt die vorhin geschilderte Kundalini bis hinauf in den Kopf und bildet dabei Wirbel. Wenn ihr in der Badewanne sitzt und am Ende den Stöpsel zieht, bildet das abfließende Wasser einen Wirbel mit einem Wirbelkanal in den Abfluss. Genau so sieht für den Hellsichtigen ein Chakra aus. Diese sieben Chakren haben Multifunktion. Sie spiegeln den seelischen Zustand des Betreffenden, steuern jeweils bestimmte Organe und werden traditionell als Bewusstseinstore zu höheren Ebenen angesehen. Der Pendel zeigt nun durch die Größe des Durchmessers der Schwingkreise, wie hoch das Energieniveau des betreffenden Chakras ist. Steht das Pendel still oder dreht sich nur schwach, ist das ein Hinweis, dass im betreffenden seelischen und körperlichen Bereich etwas nicht stimmt. Der Betreffende hat wahrscheinlich seelische Probleme oder bereits eine Erkrankung an den Organen, die dieses Chakra steuert. Wie ihr eben sehen konntet, waren Sabines Chakren bis auf das Herzchakra alle gleich groß. Ihr Herzchakra allerdings war schwach und das deutet auf eine Gefühlsproblematik hin, wie sie beispielsweise der Tod eines Geliebten verursacht.*

Durch das Handauflegen übertragen deshalb Geistheiler ihren Patienten heilsame seelische und geistige Energien, die Seele und Körper wieder in die Ordnung zurückkehren und gesunden lassen.«

Während er spricht, bewegt David seine Hände über dem Körper von Sabine, verweilt dabei länger an Kopf und Herz und lässt schließlich die Linke auf ihrer Brust und die Rechte in gleicher Höhe auf dem Rücken ruhen. *»Mein Gott, das wird mir ja ganz warm auf meinem Rücken und in meiner Brust.«* Sabine atmet mehrfach tief ein und aus und berichtet dann begeistert ihren Töchtern. *»Das ist ja unglaublich, ich habe deutlich einen Fluss von Energie vom Kopf zum Herzen gespürt. In meiner Brust wurde es ganz weit und ich kann jetzt viel besser durchatmen.«* Fasziniert hören die Zwillinge zu und sehen, wie das in letzter Zeit immer etwas bleiche Gesicht ihrer Mutter nun leicht gerötet ist und eine gesündere Farbe angenommen hat. Sie bestürmen nun beide David und der hat in den nächsten Minuten viel damit zu tun, die beiden Mädchen auszupendeln und ihren Energiehaushalt durch Handauflegen in die Balance zu bringen und wieder auszugleichen. Beide spüren viel und die Begeisterung am Ende der Behandlung ist groß und so wollen die drei nun sofort wissen, wo David das gelernt hat. Und so erzählt er ihnen, dass es dafür entsprechende Ausbildungen bei bekannten Geistheilern gibt, die er durchlaufen hat, und überreicht ihnen am Ende mehrere Bücher zu diesem Thema. *»Auf eines will ich euch aber noch aufmerksam machen. Seit Jahrtausenden nutzen Menschen die Wirkung der Meditation. Sie dient fühlbar der seelischen und körperlichen Gesundheit. Jetzt haben Wissenschaftler in Versuchsgruppen mit vielen Probanden herausgefunden, dass auch das Lebensalter durch intensive Meditation verlängert werden kann. Und das hat etwas mit den Abläufen in unseren Körperzellen zu tun. Wir verfügen über hunderttausend Milliarden Zellen in unserem Körper und jede davon trägt im Zellkern die Erbinformation in Gestalt der Gene. Wenn jemand immer gesund geblieben und alt geworden ist, sprechen wir deshalb gern davon, dass >er wohl gute Gene hat<.*

Das X- und das Y-Chromosom der Gene haben an den Enden ihrer Balken eine Art Kapsel oder Endstück, Telomere genannt, die für die Funktion und das Leben der Zelle von großer Bedeutung sind. Die Aufgabe der Telomere ist, unsere genetischen Informationen zu schützen, damit sich die Zellen weiter teilen können. Sie enthalten jedoch auch Geheimnisse, wie wir altern und Krebs bekommen. Das jetzt entdeckte Geheimnis ist, dass diese DNA-Teile nicht nur durch gutes Essen und Sport, sondern auch durch intensive Meditation an ihrem altersbedingten Abbau gehindert werden können und sich so das Lebensalter verlängern lässt. Zellen teilen sich normalerweise zwischen 50- und 70-mal. Die Telomere verkürzen sich dabei immer stärker, bis die Zelle schließlich vergreist oder abstirbt. Dieser Prozess wird durch Meditation verlangsamt. Also empfehle ich euch, wie ich, regelmäßig zu meditieren.« David beendet seinen Vortrag und der Abend endet in einer angeregten Diskussion. Er muss noch viele Fragen beantworten, was er gern macht, da ihm diese Themen seit langem sehr am Herzen liegen. Insbesondere die Mädchen wollen wissen, wie man meditiert, und so verspricht er, beim nächsten Treffen etwas früher zu kommen, ihnen die Technik zu erklären und dann mit ihnen zu meditieren.

Als David ein paar Tage später zum nächsten Treffen kommt, beginnt er damit, Sabine und ihren Töchtern das Wesen und die Technik der Mantra-Meditation zu erklären. Unter einem Mantra versteht man einen möglichst sinnleeren Begriff oder Klang. Während der Meditierende tief atmet, wiederholt er ständig sein Mantra entweder gedanklich oder laut und erfährt so tiefen Frieden und die Verbindung mit dem Höchsten. David empfiehlt seinen Schülerinnen mit einem in seiner positiven Wirkung seit Jahrtausenden bekannten Mantra zu beginnen. OM oder AUM ist das ursprünglichste Mantra, der Urklang des Universums. Und so demonstriert David das Vorgehen, indem er, im Lotussitz sitzend, dieses Mantra laut rezitiert. Fasziniert stimmen alle drei mit ein und so beginnt eine halbstündige Meditation. Tief entspannt sitzen alle am Ende noch eine Weile schweigend beisammen und lassen diese neue Erfahrung ausklingen. Bevor er sich dann verabschiedet, kündigt David noch an, dass er, nach seinem bevorstehenden Urlaub, in drei Wochen wiederkommen werde und ihnen dann etwas über Vorleben und deren Bewusstwerdung im Rahmen von Reinkarnationstherapien erzählen will. Dieses Thema interessiert insbesondere Sabine, die schon einiges darüber gelesen hat. Bevor er geht, legt David den Damen noch ans Herz, täglich zu meditieren, damit sie in den vollen Genuss der heilsamen Wirkung dieser Entspannungsmethode kommen können.

Himmlische Erfahrungen

Im Jenseits hat Walter die Entwicklung seiner Lieben auf Erden mit großer Anteilnahme verfolgt und ist stolz auf ihre Fortschritte. Gerührt hat er die Geschichte mit den Diamanten zur Kenntnis genommen, wenn er auch davon ausgeht, dass er bald bessere Möglichkeiten haben wird, mit ihnen in unmittelbaren Kontakt zu treten. Seine Studien hier fordern seine ganze Aufmerksamkeit und er spürt selbst, dass er immer leichteren Zugang zu den verschiedenen Schichten seines Bewusstseins hat. Neben der Telepathie trainiert er unter der Anleitung von Hanael auch andere potentielle Möglichkeiten seiner Seele. Insbesondere die Teleportation hat es ihm angetan, das Vermögen sich oder Gegenstände an andere Orte zu versetzen, und er hat die leise Hoffnung, dass ihm das irgendwann auch interdimensional gelingt, er sich sozusagen auf Erden zeigen kann. Fasziniert verfolgt er die Demonstrationen Hanaels, als der ihm die vielen Formen der Gestaltwandlung vorführt. Als Gestaltwandler wurde bereits der germanische Gott Odin bezeichnet, der sich in Tiere wie Vögel oder Schlangen verwandeln konnte, um so ferne Orte aufzusuchen. Hanael wechselt vor seinen Augen seine Form und verwandelt sich in verschiedene Tiere und Pflanzen und, zu Walters großer Überraschung, auch in andere menschliche Gestalten, wobei er auch das Alter, die Rasse und das Geschlecht wechselt. Sein Lehrer erinnert ihn daran, dass das eigentlich jeder Geist schon durch seine unterschiedlichen Lebensrollen als Mensch tut, dass Walter schon Asiate und Schwarzafrikaner und auch in verschiedenen Kulturen Frau gewesen sei. Zu diesen Erinnerungen hat Walter aus ihm unbekannten Gründen leider noch keinen Zugang und so fragt er Hanael, warum das so ist.

»Im Moment geht es zuerst einmal darum, dass dein aktuelles Ich all die neuen Erfahrungen hier integrieren muss. Wenn dich nun auch noch die Er-

innerung an vergangene Existenzen überfluten würde, wäre das wenig hilfreich und du wärst schnell überfordert. *Es könnte zu einer Instabilität deiner Psyche kommen und das wollen wir vermeiden.* Also, alles zu seiner Zeit. *Heute wollen wir uns mit einer anderen Disziplin, der Telekinese, befassen.*

Schon auf Erden ließen Menschen in den vergangenen Zeiten Bücher durch die Gegend schweben, Löffel sich verbiegen, Lampen an- und ausgehen – alles gesteuert allein mit der Kraft der Gedanken. Erinnere dich: In den 1970er- und 1980er-Jahren verblüffte der Schweizer Uri Geller Millionen Fernsehzuschauer: Er verbog Bestecke mit der Kraft seiner Gedanken, ließ Uhren wieder laufen – und zeigte das und mehr in unzähligen Shows. Selbst eure Wissenschaft hat inzwischen erkannt, dass die Vieldeutigkeit in der Interpretation der Quantenmechanik reichlichen Raum für die Möglichkeit psychokinetischer oder telepathischer Effekte lässt. Und wenn es dir auch bis jetzt nicht bewusst ist, auch du hast, wie übrigens jeder Geist, diese und noch weitergehende Befähigungen. Also lass uns einfach anfangen, es zu probieren. Konzentriere dich jetzt auf das, was ich sage, und folge genau meinen Worten.«

Hanael setzt sich auf einen Stuhl, der bis jetzt dort nicht gestanden hat, und demonstriert damit wieder die Möglichkeiten der Teleportation, auch Dinge und Sachen herbeizurufen. Dann schließt er die Augen und Walter tut es ihm nach und verfolgt über ihre telepathische Verbindung Hanaels weitere Schritte. Er nimmt wahr, wie sein Lehrer sich innerlich auf einen bestimmten Punkt in seinem Kopf konzentriert, den man das dritte Auge nennt und der einer Drüse im menschlichen Gehirn entspricht. Hanael imaginiert dort eine vor ihm schwebende geschlossene Knospe, die sich dann langsam zu einer roten Rosenblüte entfaltet. Die Vorstellungskraft seines Lehrers ist so groß, dass Walter den Duft der Rose zu riechen vermag. Und so öffnet er seine Augen und sieht diese Rose vor sich schweben und langsam auf sich zubewegen. Walter ergreift sie vorsichtig und sticht sich trotzdem leicht an ihren Dornen, so dass er keinen Zweifel mehr an der Realität dieser Erfahrung hat. Dann soll er es einmal versuchen und Hanael gibt ihm als sein Versuchsobjekt einen

Kristall vor, den er mit Gedankenkraft vor sich erscheinen lassen soll. Walter schließt daraufhin wieder die Augen, konzentriert sich auf sein drittes Auge und versucht mit aller Kraft, sich diesen Kristall vorzustellen. Doch es gelingt ihm nicht. Frustriert öffnet er seine Augen und blickt ins lächelnde Gesicht seines Gegenüber.

»Du siehst, Kraft und einfache Vorstellung allein reichen nicht aus. Du musst in das Wesen der Dinge, in diesem Fall des Kristalls, eindringen und ihn von dort aus imaginieren. In gewisser Weise erfasse ich das Objekt mit allen Sinnen. Ich sehe ihn von innen und außen, nehme die Gitternetzstruktur seiner Atome und Moleküle wahr, fühle seine Dichte, seine Flächen und Kanten und ziehe dann gleichsam dieses dreidimensionale Bild aus der Tiefe meines schöpferischen Bewusstseins ans Licht beziehungsweise ins Außen. Das ist nicht so einfach und deshalb brauchst du noch viel Übung, bis es dir gelingt. Und somit hast du deine Aufgabe für die nächsten Tage, das zu trainieren. Walter ist zwar nicht sonderlich begeistert davon, aber er nimmt sich vor, den entsprechenden Fleiß und die nötige Disziplin aufzubringen, um möglichst schnell erste Erfolge vorweisen zu können. Übung macht den Meister, war der Spruch, den er selbst früher als Trainer im Tennisklub seinen Schülern mit auf den Weg gegeben hat. Nun ist es an ihm, dem zu folgen. Und so zieht er sich in sein Refugium zurück, um damit gleich zu beginnen.

Am nächsten Tag findet die Fortsetzung des Vortrags des Doppelgänger Michaels in der großen Halle statt. Der Raum ist bis auf den letzten Platz besetzt. Das Interesse daran ist so groß, dass die Zuhörer bis in die Gänge stehen. *»Der Friede Gottes sei mit euch!«* Wieder ist Walter tief beeindruckt von der Präsenz dieser Wesenheit. Die telepathisch übermittelten Worte schwingen wie Glockengeläut in seinem Kopf und füllen ihn ganz aus. Für andere Gedanken ist da kein Raum mehr und Walter fühlt sich wieder wie gefesselt von dieser Kraft, die volle Konzentration erzwingt und keine abweichenden Gedanken zulässt. *»Ich habe euch von dem Beginn der Schöpfung berichtet und von der goldenen Zeit, als der Schöpfer und seine Lichtkinder* noch eins und nicht getrennt waren. Über das, was dann folgte, haben die Religionen auf Erden sehr unterschiedliche Vorstellungen entwickelt. Ich muss das so sagen, denn vieles davon ist falsche Interpretation begrenzter menschlicher Wahrnehmung und hat mit dem, was wirklich geschah, wenig zu tun. Und so findet ihr in allen Religionen Schöpfungsdramen geschildert, die mit der jeweiligen Kultur und ihrer Vorstellung, wie alles begann, zusammenhängen. Äußere Rahmenbedingungen, wie zum Beispiel das Leben in extremen irdischen Umgebungen wie den Wüsten, Hochgebirgsregionen oder auf Inseln, nahmen darauf entscheidenden Einfluss. Die monotheistischen Religionen unterscheiden sich dabei in ihren Mythen sehr von dem, was die Naturreligionen erzählen. Während erstere bis heute von einem einzigen Schöpfergott ausgehen, sind es bei den Religionen der Naturvölker meistens natürliche Phänomene gewaltigen Ausmaßes und beängstigender Zerstörungskraft, die sie als Ausdruck göttlicher Präsenz fehlinterpretieren und daraus einen Himmel unterschiedlicher göttlicher Persönlichkeiten ableiten. Und so beten sie Vulkane oder andere hohe Berge an und glauben, dass sich Gott im Wüten der Elemente offenbart. Das wahre Wesen Gottes und seiner Engelhierarchie wird nicht erkannt und durch alle möglichen kulturellen Einflüsse verzerrt wiedergegeben. Manche Vorstellungen sind geradezu kindlich naiv und zeugen von der großen Unwissenheit der Menschen über ihre wahre Herkunft.

Für die Gläubigen des Judentums, der Christen und des Islam beispielsweise musste es ein abgefallener Geist und Widersacher sein, der für die Trennung von Gott und seinen Kindern verantwortlich war, und sie erfanden das Böse und den Teufel. Der Mythos vom Fall der Geister und dem Sturz aus dem Paradies war eine schöne Geschichte, die den Menschen auf Erden die Not, das Elend und das Leid und alles, was es mit sich brachte, begründen und verständlich machen sollte. Und da über die Jahrhunderte viele Milliarden Seelen das gedanklich glaubten, entsprechende Rituale entwickelten und das vermeintliche Geschehen mit vielen intensiven Gefühlen nachempfanden, hatte das Konsequenzen, die bis in die höheren Schöpfungsebenen reichten und immer noch Wirkung zeigen. Ihre eigene Göttlichkeit und das sich daraus ableitende Vermögen, in hohem Umfang schöpferisch tätig zu sein, war ihnen nicht mehr bewusst, zeigt aber ungeachtet dessen weitreichende Wirkung. Und so entstanden das Paradies und die Hölle. *All das geschah letztlich, weil Gott seine Kinder mit eigenem Willen und freier Wahl ausgestattet hatte und daher nicht korrigierend eingreifen konnte. Sie sollten sich letztlich durch die Erfahrung der Konsequenz aus ihrem Denken, Fühlen und Handeln als seine Kinder erkennen und nicht unmündige Sklaven ihres Schöpfers sein.*

Aber wie kam es tatsächlich zum Entstehen der groben Schöpfung, die auf allen, dem höchsten Himmel folgenden Ebenen die Körperlichkeit mit sich bringt? Erinnert euch! Was war das Motiv der Urschöpfung? Gott und danach seine Lichtkinder wollten sich doch in allen erdenklichen Rahmenbedingungen erfahren, wollten wissen, wie es ist und wie es sich anfühlt, getrennt zu sein und neue Räume zu erobern. Die Geschichte von Siddharta und seinem Selbstfindungsweg kommt da der Wirklichkeit sehr nahe. Als Königssohn lebte er im Palast seines Vaters und genoss alle Privilegien, die das mit sich brachte. Dieses mythologische Bild steht für den ursprünglichen Aufenthalt der Lichtkinder im obersten Himmel. Der König wollte nicht, dass er die schützenden Mauern des Palastes verlässt, weil er seinen Sohn von der niederen Welt fernhalten und vor ihren Einflüssen schützen wollte. Er wollte ihm die Erfahrung von Leid und Not ersparen. Siddharta hörte das Pulsieren des Lebens und das Klagen und Weinen der Menschen hinter den Mauern, wurde neugierig und verließ den Palast, ohne dass ihn sein Vater daran hindern konnte. Symbolisch steht das für die Neugier der Lichtkinder, die Schöpfungen der unteren Ebenen zu erfahren. Nach vielen Irrungen und Wirrungen erinnert sich Siddharta schließlich an seine königliche Herkunft und kehrt innerlich zurück. Aus Siddharta ist Buddha geworden. Er hat sich wieder seiner Abstammung und seiner Herkunft erinnert. Auf diesem Weg durch die Schöpfungen und Spiegelungen der Welt außerhalb des Palastes beziehungsweise Himmels ist er sich wieder seiner bewusst und zum Erleuchteten geworden und hat Erfahrungen gemacht, die er nicht gewonnen hätte, wäre er zu Hause geblieben. Der verlorene Sohn ist heimgekehrt, berichtet das biblische Gleichnis, das mit anderen Worten letztlich das Gleiche erzählt. Neutral und frei von jeglicher emotionaler

Interpretation ging und geht es jedem geschaffenen Geist nur darum, sich in den Räumen, die ihm unser aller Vater dafür geschaffen hat, selbst zu erfahren!«

Die Stimme in Walters Kopf schweigt und ihr Nachklang füllt sein ganzes Wesen mit einem unglaublichen Glücksgefühl. Er hat ganz deutlich die große, aber gleichzeitig auch unpersönliche und bedingungslose Liebe gespürt, die von diesem Boten Gottes ausgeht. Noch ganz benommen von dem Erlebten, beschließt er, in einer Meditation das Erlebte und die darin enthaltenen Informationen weiter zu verinnerlichen und in seinem Bewusstsein bleibend zu verankern. Zu seiner Überraschung schließt sich ihm Hanael an und beide suchen sich ein stilles Plätzchen unter einem Baum im Campus, um durch ihre meditative Versenkung wie Buddha in Einklang mit sich selbst zu kommen.

Nach Beendigung der Meditation schaut Hanael Walter prüfend an und meint dann: *»Wie wäre es, wir machen jetzt einen kleinen Ausflug in die Hölle? Das Paradies erfährst du ja in der speziellen Ausprägung, die dir entspricht, schon hier. Das Gegenstück, die Hölle, ist auch sehr lehrreich und sie zu erleben und ihr Wesen zu begreifen ein Teil deiner Ausbildung.«* Walter schaut seinen Begleiter erschrocken an. Dass höllisches Erleben Teil seiner Ausbildung sein sollte, war ihm bisher nicht in den Sinn gekommen und die Vorstellung davon bereitet ihm sofort großes Unbehagen. Was wird da auf ihn zukommen und ist das nicht gefährlich, sich in solche Sphären zu begeben? Walter kennt aus der Literatur und der Malerei Darstellungen der Hölle und obwohl er nicht gläubig gewesen ist, haben ihm diese Darstellungen immer eine undefinierbare Angst gemacht. Obwohl er sie für die Ausgeburt einer kranken Fantasie gehalten hat, konnte er sich der Wirkung der Texte und Bilder nicht entziehen und trat in unangenehme Resonanz mit ihnen. Walter sieht an Hanaels Mimik und Augenausdruck, dass es seinem Lehrer ernst mit seinem Vorschlag ist. Seufzend ergibt er sich seinem Schicksal und signalisiert Hanael, dass er bereit dazu ist.

Daraufhin gibt ihm Hanael einige Verhaltenshinweise und Informationen zu ihrer beider Reise in das Reich Satans und Luzifers. Sein Schüler hört konzentriert zu und bekommt eine leichte Gänsehaut bei der Vorstellung, das Gehörte bald persönlich zu erleben.

»Im Grunde sind Himmel und Hölle keine festen Orte im Raum, sondern unterschiedliche Schöpfungen der betreffenden Geister auf entsprechenden Ebenen. Die Schöpfung spiegelt ihren Schöpfer und so erleben Gott zugewandte Geister ein Paradies beziehungsweise den Himmel und die seiner Kinder, die sich von ihm abgewandt haben, die Hölle. Im Grunde genommen gibt es also so viele Paradiese oder Höllen, wie es an sie glaubende Geister beziehungsweise Menschen gibt. Wie du ja schon hier erfahren hast, sind die Dinge in ihrem Erscheinen von deinem Bewusstsein und deinem Glauben abhängig und somit subjektiv. Das gilt auch für die Hölle und ihre unterschiedlichen Ausdrucksformen. Nach der christlichen Lehre bestraft die Hölle Sünder und nennt sieben Todsünden: Stolz, Habsucht, Neid, Zorn, Unkeuschheit, Unmäßigkeit und Trägheit oder Überdruss. Fast alle Religionen sehen die Hölle dabei als einen Ort der Bestrafung an, was er aber nicht ist. Wie könnten Menschen bestraft werden, wenn sie Gottes größtes Geschenk nutzen, ihre freie Wahl? Nein, sie erfahren nur die Qualität ihres vergangenen Denkens, Fühlens und Handelns durch das Erleben der Konsequenz, die daraus erwächst, und damit lernen sie, über kurz oder lang umzudenken, sich anders zu orientieren und neu auszurichten. Und so findet sich der Mörder in einer Hölle wieder, wo er seine Tat immer wieder begeht, der Ermordete aber immer wieder lebendig wird und der Mörder jedes Mal auch die Angst, den Schmerz und das Entsetzen des Ermordeten mitfühlen muss. Das geschieht so lange, bis jede mörderische Regung im Bewusstsein des Täters ausgelöscht ist. Derjenige, der zu Lebzeiten voller Habsucht, Neid und Gier gewesen ist, erlebt nun, dass er bereits Errungenes ständig verliert, dass das, was er gierig anstrebt, ihm immer vorenthalten wird und dass das, was er an weltlichen Gütern in großem Umfang anhäufen darf, ihn anschließend wie eine schwere Last erdrückt und erstickt. Wer im Leben stolz und hochfahrend war, erlebt nun ständig Situationen von Erniedrigung und Unterdrückung. Diese Beispiele sollen dir bewusst machen, dass in der Hölle jedes bösartige und negative Verhalten zu Lebzeiten im

Jenseits seine entsprechende Widerspiegelung findet. Die höllischen Sphären werden von Geistern geleitet und gesteuert, die sich von Gott abgewandt und dem Widersacher zugewandt und unterworfen haben und Dämonen genannt werden. Lass uns jetzt auf den Weg machen und zuerst die Hölle der Unkeuschheit und Unmäßigkeit aufsuchen.«

Hanael nimmt ihn bei der Hand und beide sind schlagartig in einer anderen Umgebung. Vor ihnen findet in einer mittelalterlichen und von Fackeln und offenen Kaminen beleuchteten Halle hektisches Treiben statt. In einer Ecke ist eine große Tafel mit allen erdenklichen seltenen und sehr schmackhaften Speisen und berauschenden Getränken gedeckt. Frauen und Männer stürzen sich auf diese ersehnten Genüsse, stopfen sich gierig die Mäuler und Mägen voll, um sich danach sofort erbrechen zu müssen und anschließend augenblicklich wieder einen unstillbaren Hunger zu verspüren. Diese Abläufe wiederholen sich ununterbrochen und die Hungernden waten in einem stinkenden Brei von Erbrochenem. Ihre Kleidung ist verschmutzt und ihre Haar wirr. Und trotz allem können sie keinen Augenblick die Augen von den ersehnten Genüssen abwenden und kämpfen untereinander um den besten Platz an der Tafel.

In einem anderen Bereich der Halle, die einem Bordell nachempfunden ist, bedrängen alte Männer junge nackte Frauen, die ihre Körper sinnlich anbieten, sich aber plötzlich in hässliche alte Hexen verwandeln, sobald sie berührt werden. Die Körper der Männer und Frauen sind mit den eiternden und schwärenden Symptomen von Syphilis und Tripper bedeckt und strömen einen widerlichen Geruch aus. Ein betrunkener Teilnehmer versucht immer wieder vergeblich, ein junges Mädchen zu vergewaltigen, das sich unter seinen Händen in eine furchterregende Furie verwandelt, die schrill kreischend mit einem Messer die Geschlechtsteile des sich vor Schmerz windenden Mannes abschneidet, die danach sofort wieder nachwachsen, und das Ganze beginnt wie in einer Endlosschleife von vorne. Eine Frau gibt sich ununterbrochen Männern hin, ohne auch nur einmal Befriedigung dabei zu erfahren. Eine andere stellt voller Geilheit vor einer Männergruppe ihren nackten Körper und seine Geschlechtsteile provokativ zur Schau und nicht einer der Zuschauer interessiert sich auch nur im Geringsten für sie. Geflügelte Dämonen mit schrecklichen Gesichtern und halben Tierkörpern heizen die Szene mit feurigen Peitschenschlägen auf die nackten Leiber der gepeinigten Insassen dieser Hölle an und vergrößern damit ihre Qual.

Walter wendet sich angeekelt von diesem Geschehen ab und Hanael nimmt ihn wieder bei der Hand und versetzt sich mit seinem Schützling in die Hölle des Zorns. Sofort entfaltet sich vor ihnen eine neue Szene. Sie befinden sich augenscheinlich in Ägypten zur Zeit der Pharaonen. Der Bau einer großen Pyramide ist gerade im Gange und viele ärmlich gekleidet Männer sind soeben dabei, schwere Lasten zu tragen und andere sehr große Steinblöcke über Rollen aus Holz zu ziehen. Aufseher treiben die Geschundenen unter lautem Schreien und wüsten Drohungen mit Peitschenhieben an, die auf den Körpern der Geschlagenen blutige Striemen hinterlassen. Blinder Zorn ergreift die Arbeiter, sie lassen ihre Werkzeuge fallen, packen die sich heftig wehrenden Aufseher und werfen sie in eine Jauchegrube, wo sie elend ersticken. Neue Soldaten kommen, treiben die aufständischen Arbeiter zusammen, sperren sie dann unter Schlägen in eine Bauhütte, schütten Pech auf die hölzernen Wände und zünden sie an. Die Schreie der Eingesperrten und der dunkle Rauch des Feuers, der sich über die ganze Baustelle legt, ruft nun den verantwortlichen Baumeister und Vertrauten des Pharaos herbei, der darüber so sehr erzürnt ist, dass ihm nun wichtige Arbeiter zur rechtzeitigen Fertigstellung der Pyramide fehlen, dass er den Befehlshaber der Soldaten und seinen Stellvertreter auf der Stelle durch das Schwert hinrichten lässt. Die Szene erlischt und beginnt wieder von vorne, nur sind diesmal die Rollen vertauscht. Die früheren Soldaten und Aufseher sind nun die Arbeiter, und die früheren Arbeiter sind jetzt die Soldaten. Alles läuft gleich ab wie zuvor, nur mit wechselnder Rollenverteilung. Jeder von ihnen erfährt, wozu blinder Zorn in der Konsequenz führt, und muss fühlen, was er dem jeweils anderen an Schmerz und Leid zugefügt hat.

Zum Schluss muss Walter, der eigentlich genug hat, sich noch die Hölle der Trägheit und des Überdrusses anschauen. Erstaunlicherweise widert sie ihn noch am meisten an. Als ehemaliger Leistungsträger der immer nach dem Motto gelebt hat, »ohne Fleiß keinen Preis«, erlebt er hier Menschen, die das, was sie als reiche Erben und skrupellose Kriegsprofiteure besitzen, nicht zu schätzen und zu würdigen wissen. In der Szene aus dem Nachkriegsberlin des frühen 20. Jahrhunderts kann er satte Wohlstandsbürger beobachten, die achtlos und gedankenlos rare Lebensmittel und noch tragbare Kleider, derer sie überdrüssig sind, wegwerfen und entsorgen, statt sie an die vielen Hungernden und Frierenden zu verteilen. Alles ist ihnen zu viel und auch für Mitgefühl ist kein Platz in ihrem vom Überfluss geprägten Leben. Warum etwas anstreben, man besitzt und ist doch bereits alles, und warum sollte man sich noch für etwas interessieren, wenn man sich schon übersättigt und angewidert fühlt von dem, was man hat. Und so liegen sie auf weichen Kissen, rauchen Opiumpfeifen oder nehmen andere Drogen, während vor ihrer Haustür das Elend grassiert. Grölende Horden des politisch aufgeheizten Pöbels dringen unerwartet in ihr ruhiges Heim ein, zerstören die Einrichtung und zerren die Trägen und Überdrüssigen nach draußen. Plötzlich ist jede Trägheit und jeder Überdruss vergessen, als ihnen klar wird, dass ihnen der Mob nach dem jetzt plötzlich so kostbaren Leben trachtet. Sie flehen um Gnade und die Barmherzigkeit, die sie selbst früher gegenüber den Armen und Bedürftigen so vermissen ließen. Schläge und Tritte sind ihr Lohn und sie müssen um ihr jetzt so kostbares Leben rennen.

Das Erleben dieser Höllen ruft in Walter widersprüchliche Gefühle hervor. Einerseits ist er beeindruckt, andererseits kommt ihm alles so ein wenig wie in den alten Berichten und Gemälden nachgestellt und unwirklich vor. Wie seinerzeit im Theater, wo die Opern auch eine so nicht existierende Welt darstellten. Als Hanael die Zweifel seines Schülers spürt, besucht er mit ihm eine letzte Hölle. Es ist die Hölle des reinen Intellekts und der Kaltherzigkeit. Sie kommen in einer hypermodernen Umgebung an. Alles in diesem Gebäude ist aus Glas, hellem Stahl und mit kalten weißen Möbeln ausgestattet. Das Licht ist grell, es gibt keine warmen Farben und die Raumtemperatur ist fast schon unterkühlt. Die Menschen hier sitzen reglos an stählernen Schreibtischen vor großen Schwarz-Weiß-Bildschirmen, auf denen abstrakte Darstellungen und technische Zeichnungen, endlose Kolonnen von Zahlen und mathematische Gleichungen und Formeln sich abwechseln. Niemand spricht und die gespenstische Stille wird nur von einem schrillen Klingeln unterbrochen. Alle erheben sich und beginnen sich automatenhaft in Richtung des Ausgangs zu bewegen. Durch die Fenster des Gebäudes beobachtet Walter, dass sich die Menschen draußen auf einer betonierten Fläche in Reih und Glied aufgestellt haben und lautlos und ohne eine Miene zu verziehen, vergleichbar Robotern, im gleichen Takt merkwürdige Körperbewegungen machen. Das soll wohl der Körperertüchtigung dienen und Walter schaudert bei der Vorstellung, sich in dieser Umgebung länger aufhalten zu müssen. Es friert ihn geradezu, so emotionslosen, kopfgesteuerten Wesen zuschauen zu müssen, und er drängt Hanael zum Aufbruch. Der folgt dem dringenden Wunsch seines Schützlings und bringt ihn zurück in die Geborgenheit seines Campus.

Und so sitzen beide jetzt wieder unter dem alten Baum und lassen das Erlebte noch einmal gedanklich Revue passieren. Walter versteht langsam, dass jedwedes menschliche Sein hier, im Guten wie im Schlechten, seine ihm entsprechende Spiegelung erfährt und so jeder nur das erntet, was er gesät hat. Dass es keinen Zufall und keine Willkür gibt und nur das erfahren wird, was zuvor von dem Betreffenden selbst verursacht wurde. Da sitzt plötzlich sein Großvater neben ihnen auf der Bank und wird von David, der ihn länger nicht mehr gesehen hat, freudig begrüßt. Es fällt ihm auf, dass der eigentlich alte Mann hier immer jünger aussieht, und als sie alle aufstehen und ein paar Schritte gehen, bemerkt er die fast jugendliche Elastizität und Beweglichkeit seines Großvaters, der ihm daraufhin gedanklich mitteilt, dass auf seinem Bewusstseinsniveau der Körper alle Veränderungen seines Trägers spiegelt und dass hier die Entwicklung deshalb nicht von jung zu alt, sondern umgekehrt verläuft. Jetzt erst wird es Walter bewusst, dass alle Bewohner seiner Sphäre sehr jung wirken und er bisher hier noch keinen alten Menschen gesehen hat. Hanael lässt daraufhin einen großen Spiegel vor ihm erscheinen und Walter sieht zu seinem großen Erstaunen, dass auch er viel jünger und vitaler aussieht als zum Zeitpunkt seines Todes auf Erden.

Bereicherung durch Wissen

Als David von Arnim Sabine und ihre Töchter erst wieder Ende Juli 2018 besuchen kann, hat inzwischen der Hochsommer Deutschland voll im Griff. Seit Wochen herrschen europaweit ungewöhnliche Wetterbedingungen. Es ist ständig strahlend blauer Himmel, regnet nicht und ist ungewöhnlich heiß. Die Meteorologen gehen von ersten gravierenden Anzeichen und Auswirkungen der laufenden Erderwärmung aus, und während Mitteleuropa sich nach Regen sehnt, versinken andere Teile der Welt in ungewöhnlich heftigen Niederschlägen und den Fluten des Monsuns und leiden unter den größten Zerstörungen seit Menschengedenken durch Hurrikans und Tornados. Die außergewöhnlich starken Stürme radieren große Gebiete, ganze Städte und tropische Inseln aus und Brände verwüsten in anderen Regionen gleichzeitig weite Landstriche und Wälder, wo seit vielen Monaten kein Tropfen Regen mehr gefallen ist. In Deutschland wird, wie nirgendwo sonst in Europa, die angebliche Luftverschmutzung durch Dieselfahrzeuge heftig diskutiert und erste Städte sprechen Fahrverbote aus. Es fällt auf, dass nicht nur in der Natur, sondern auch in der Politik sich immer aggressiveres Verhalten zeigt. Zwischen den Staaten bauen sich wieder, wie im kalten Krieg, hohe Spannungen auf, langjährige Vereinbarungen werden abrupt gekündigt und gegenseitige Vorwürfe vergiften das politische Klima. An die Spitze vieler Staaten werden Menschen berufen, die nachweisbar in ihrer Vergangenheit kriminelle und menschenverachtende Taten begangen haben und sich derer auch noch rühmen. Die USA und China belasten die jeweiligen Produkte der anderen Nation mit immer höheren Strafzöllen und es beginnt wieder ein Rüstungswettlauf, der bekanntlich über kurz oder lang in regionale Kriege oder gar in einen dritten Weltkrieg münden wird. Im Jemen führen der Iran und Saudi-Arabien einen Stellvertreterkrieg und es droht in dem zerbombten Land eine nie da gewesene Hungersnot. Flüchtlingsströme sind weltweit zu beobachten und die Welt scheint immer mehr aus den Fugen zu geraten.

David erzählt den drei Frauen, dass er zwischenzeitlich länger auf Geschäftsreise in Italien gewesen ist und sich in Rom und Mailand viel mit Lieferanten unterhalten hat. Überall wurden Befürchtungen über das Chaos in der italienischen Politik, den Rechtsruck und Populismus und die angekündigte neue hohe Staatsverschuldung laut. Man befürchte ein Eingreifen der EU und einen weiteren Verfall der Währung. Das wäre zwar für sein Geschäft gut, denn es verbilligt die Produkte, die David aus Italien bezieht, aber gleichzeitig macht er sich große Sorgen über diese weltweite Entwicklung zu immer mehr Protektionismus und immer höheren Schulden. Deutschland sei zwar diesbezüglich ein leuchtendes Vorbild, könne aber allein auch nicht gegen den Strom schwimmen und wird deshalb, so befürchtet es David, zumindest politisch und wirtschaftlich in immer schwierigeres Fahrwasser geraten. Als er schließlich zum eigentlichen Thema kommt, weswegen sie sich alle heute treffen wollten, ist es bereits später Nachmittag geworden. Sie haben sich auf die Terrasse hinter Sabines Haus gesetzt, von wo man in den naturbelassenen großen Garten blickt, der am Ende von dem kleinen Bach begrenzt wird. Wieder können sie beobachten, dass Fledermäuse über den Obstbäumen nach Insekten jagen, und Sabine freut sich über die Anwesenheit dieser Tiere, da sie auf eine noch intakte Umwelt hinweisen. Die Sonne steht zu dieser Uhrzeit im Hochsommer noch relativ hoch und alle sind froh, dass sie im kühlen Schatten der von Markisen überdachten Terrasse sitzen. Laura und Vera haben Semesterferien und deshalb Zeit und Muse, den Ausführungen Davids interessiert zu lauschen.

»*Wie ihr euch sicherlich erinnert, will ich euch heute etwas über das Thema Wiedergeburt oder Reinkarnation erzählen. Der Gedanke, nach dem Tod immer wieder in neuer Gestalt auf die Erde zu kommen, existiert im Hin-*

duismus und Buddhismus und einigen Naturreligionen, wird aber von den Juden, Christen und Moslems weitgehend geleugnet. Dort glaubt man, dass wir nach dem Tod nur noch die Wahl zwischen Himmel und Hölle haben, und viele westliche Menschen sind sogar davon überzeugt, dass nach dem Tod alles vorbei ist. Seit ich mich mit spirituellen Themen beschäftige, hat mich Letzteres immer am meisten fasziniert und ich konnte nur den Kopf schütteln über den Glauben an ein einziges Leben. Eine solche Vorstellung fand ich immer zutiefst absurd und darüber hinaus vollkommen ungerecht. Deshalb konnte ich auch nie akzeptieren, dass Gott so etwas geplant hätte oder ein dummer Zufall oder ein willkürliches Schicksal dafür verantwortlich wären, ob ich glücklich im Überfluss leben kann oder leidend in Dreck und Armut dahinvegetieren muss. Wenn ich in der Nacht in die Vollkommenheit des Sternenhimmels schaute, konnte ich mir beim besten Willen nicht vorstellen, dass ein weiser und allmächtiger Schöpfer seinen Kindern so etwas bereiten würde, und glücklicherweise weiß ich heute dank meiner Studien, dass der Glaube an ein einziges Leben nicht nur ein bloßer Irrtum, sondern absoluter Unsinn und eine bewusst verbreitete falsche Botschaft ist. Spätestens nachdem ich erfahren hatte, dass der Glaube an Wiedergeburt und Seelenwanderung im frühen Christentum gang und gäbe war und erst im Konzil von Konstantinopel Mitte des 6. Jahrhunderts alle diesbezüglichen Textstellen aus der Bibel entfernt wurden, wurde mir klar, dass hier eine Manipulation und Desinformation gigantischen Ausmaßes der Gläubigen stattfand und immer noch stattfindet. Die Frage war, warum? Wem diente diese Lüge? Und warum wird sie bis heute aufrechterhalten?«

David unterbricht seinen Vortrag, schenkt sich noch ein Glas Sprudel ein, öffnet den Hemdkragen und krempelt die Ärmel hoch, da dieses Thema ihn immer wütend macht und er in seiner Erregung und bei den immer noch herrschenden Temperaturen zu schwitzen beginnt. Dann setzt er seinen Vortrag fort. *»Die der Wiedergeburt zu Grunde liegende Idee ist, dass die Vervollkommnung der menschlichen Seele auf der Basis von Freiwilligkeit und der freien Wahl im Rahmen selbst geplanter Leben ihren Fortgang nehmen soll. Nur durch die Erfahrung der Konsequenzen, die sich aus dem Denken, Fühlen und Handeln ergibt, lernt* *jede Seele und reift über ihre Leben weiter heran. Das, was eine reife Seele am Ende ausmacht, ist nicht in einem und auch nicht in einem Dutzend, sondern in der Regel nur in vielen Leben zu bewerkstelligen. Und deshalb gibt es Menschen, die über tausend Leben haben. Dieses Wissen war aber den Priestern der damaligen Zeit ein Dorn im Auge. Wenn jeder Mensch selbst und nur er für seine Entwicklung und damit auch seine Beziehung zu Gott verantwortlich ist, welchen Sinn und welches Existenzrecht haben dann noch Priester, die behaupten, nur dank ihrer Vermittlung und ihrer Fürsprache käme der sündige Mensch zurück zu seinem Schöpfer. Und so gipfelte ihre freche Lüge in der gottlosen Behauptung, dass nur sie im Rahmen der Beichte Sünden erlassen können, und so kam es zum Frevel der Sündenbefreiung durch den Petersgroschen. Durch die Praxis der Ablassbriefe sollte den Gläubigen ein dem Geldbetrag entsprechender Erlass zeitlicher Sündenstrafen im Fegefeuer für sie oder für bereits gestorbene Angehörige bescheinigt werden können. Und so prägte die Inquisition den Spruch: >Wenn das Geld im Kasten klingt, die Seele aus dem Fegefeuer springt.< Mit anderen Worten, man gab vor, dass man sich die Hölle ersparen und sich den Himmel erkaufen könnte. Was für ein Wahnsinn und Verrat an den Gläubigen!«*

David hat sich in Rage geredet und muss wieder einen Schluck Wasser nehmen. Sabine und die Zwillinge bitten um eine kurze Pause, um auf die Toilette gehen und sich ein wenig frisch machen zu können. Die Erregung von David hat sich auf sie übertragen und deshalb sind sie für eine kurze Unterbrechung dankbar. David macht zwischenzeitlich einen kleinen Rundgang im Garten, um wieder einen kühlen Kopf zu bekommen. Die Sonne ist bereits so tief gesunken, dass sie die wenigen Wolken am Himmel in ein orangenes Licht taucht. Ein schwacher Wind sorgt für ein wenig Abkühlung und so setzten sich die vier wieder in ihre bequemen Sessel und David beginnt weiter zu erklären. »*Also, unsere Seele inkarniert sich nach einem Plan, den unser göttliches Höheres Selbst gemacht hat, und deshalb kann uns nichts Willkürliches geschehen und niemand uns zufällig begegnen. Auch wenn es manchmal so aussieht, dass wir scheinbar zufällig Opfer von widrigen*

Umständen oder von bösen Menschen werden, sind auch diese Erfahrungen plangemäß und konfrontieren uns mit unserem Schatten. Lasst mich noch erklären, wie das gemeint ist. Hier geht es jetzt um unser Ich, die Rollenpersönlichkeit des aktuellen Lebens, die in jedem Leben neu gebildet wird. Wie entsteht dieses Ich? Vor jedem Leben machen wir einen Plan, in dem sich all das findet, was im kommenden Leben erfahren werden soll. Unser Schicksal ist dort festgeschrieben und alle Begegnungen mit anderen Seelen sind in diesem Plan schon vor unserer Geburt verabredet. Weder eure Eltern noch eure Geschwister noch eure Partner und sogar eure Feinde sind euch deshalb fremd, sondern gute alte Bekannte und Mitspieler aus früheren Leben. Man kennt sich und oft kann man das bei scheinbar neuen Bekanntschaften sofort in Form spontaner Sympathie oder Antipathie fühlen. Grundlage eures Lebensplans sind Prinzipien wie beispielsweise Durchsetzung, Besitz oder Geschlecht. In der Einheit und Ganzheit gewählt, spaltet sich jedes Prinzip bei der Geburt und dem Eintritt in dieses Leben und damit in zwei gegensätzliche Pole. Die Durchsetzung beispielsweise in Macht und Ohnmacht, der Besitz in Fülle und Mangel und das Geschlecht in Mann und Frau. Nehmen wir an, wir haben als Grundlage unseres Plans zwölf Prinzipien gewählt, dann bilden die zwölf Pole der betreffenden Prinzipien, über die wir uns definieren und wozu wir ja sagen, unser Ich. Die zwölf nicht gewählten Pole bilden das, was die Psychologie unseren Schatten nennt. Ich bin mächtig, aber nicht ohnmächtig. Ich habe die Fülle, aber nicht den Mangel. Ich bin Frau, aber nicht Mann. Der Schatten ist also das, was wir nicht sein wollen, aber doch auch sind und es deshalb gern ins Unterbewusstsein verdrängen. Der Weg aus der Einheit im Himmel in die duale Welt bedeutet also: aus eins werden zwei. Diesen Weg nennt man Involution, den Eintritt des Geistes in den Stoff. Nun wollen wir aber wieder zurück in die Einheit und stellen nun fest, dass das nur dann geht, wenn wir alles Gespaltene in uns wieder vereint, alles Verdrängte bewusst gemacht haben. Wir müssen also alle Konten in uns glattstellen, die Waage in den Ausgleich bringen, bevor wir endgültig und bleibend zurückkehren können. Und da das sehr schwierig ist und wir viele Anläufe dafür brauchen, haben wir so viele Leben, die uns das erst ermöglichen.«

Als David eine kurze Pause einlegt, nutzt Laura das und fragt schnell: »*Heißt das, dass Papa jetzt im Jenseits noch lebt und dass wir ihn vielleicht in einem künftigen Leben wiedersehen? Und kann es also sein, dass wir uns alle kennen und uns wieder hier treffen wollten?*« Bevor David antworten kann, fällt ihm Vera ins Wort und belehrt ihre Schwester: »*Das hat David doch gerade erklärt. Mich würde noch interessieren, ob man sich nicht irgendwie an dieses unbewusste Wissen und Kennen deutlicher erinnern kann. Es ist doch schade, dass wir da einen Wissensschatz in uns tragen, an den wir nicht rankommen. Es ist so wie bei uns an der Uni, da kommen wir auch nicht in alle Archive.*« David muss bei diesem treffenden Vergleich schmunzeln, aber bevor er antworten kann, meint Sabine, dass es doch besser wäre, Vergangenes und insbesondere die Toten ruhen zu lassen. Die Vorstellung, die Schrecken und das Leid früherer Leben noch einmal erinnern und durchmachen zu müssen, macht ihr Angst. Als bislang brave Katholikin sind ihr die Ausführungen und Behauptungen Davids über die Religion und das Priestertum und seine angeblichen Lügen unangenehm, rütteln sie doch an den Grundfesten ihres Glaubens und an dem, was sie bisher in ihrer Kirche gläubig übernommen und nie hinterfragt hat. Allerdings findet sie den Gedanken schön und tröstend, ihrem geliebten Mann vielleicht in einem weiteren Leben noch einmal begegnen zu können, und bringt das auch gegenüber David zum Ausdruck.

»*Warum so lange warten, das kannst du auch heute schon haben.*« Sabine schaut ihn verständnislos und fragend an. »*Es gibt Möglichkeiten, mit Verstorbenen in Kontakt zu treten. Du kannst ein Medium befragen oder an einer Séance teilnehmen.*« Sabine meint mit deutlicher Abwehr, dass ihr das unheimlich sei und ihre Religion es ihr auch darüber hinaus verbiete, mit Totengeistern Verbindung aufzunehmen. Wenn so etwas überhaupt möglich und Gott gewollt sei, so sollte man das nicht forcieren und darauf vertrauen, dass solche Dinge auch von ganz allein und ohne Zutun neugieriger Menschen geschehen würden. Die Zwillinge protestieren heftig und bringen deutlich zum Ausdruck, dass sie nicht dieser Meinung sind und sich sehr für solche Erfahrungen interessieren würden. Die Diskussion wogt hin und her, bis David sich auf den Heimweg macht und zum Abschied meint: »*Ihr seht, es gibt sehr unterschiedliche Meinungen zu diesem Thema. Lassen wir es jetzt erst einmal ruhen. Vielleicht ergibt sich das eine oder andere im weiteren Verlauf unserer Gespräche von ganz alleine. Es ist auf jeden Fall gut und richtig, bei allen esoterischen und spirituellen Themen den Verstand nicht an der Garderobe abzugeben und sich auch nicht nur von Gefühlen leiten zu lassen. Solche Fragen, wie sie sich heute gestellt haben, brauchen zu ihrer endgültigen Beantwortung Zeit. Nur ein reifes und in sich ruhendes Bewusstsein sollte sich auf solche durchaus auch gefahrvolle Reisen ins Unbewusste und Paranormale begeben, damit es nicht durch Unwissenheit oder Halbwissen Schaden nimmt.*« Mit diesen Worten verabschiedet sich David. Alle vier umarmen sich herzlich und Sabine bittet ihn unter dem leidenschaftlichen Beifall der Zwillinge, möglichst bald wieder zu kommen.

Zu Hause angekommen findet David auf seinem Anrufbeantworter eine Aufforderung von Rüdiger Korte vor, sich doch bitte schnellstmöglich telefonisch bei ihm zu melden. David hatte ihn und Ernst Schöler noch bei der Beerdigung von Walter Nowak kennengelernt und beide anlässlich verschiedener gesellschaftlicher Anlässe wieder getroffen. Dabei ließen die Freunde von Walter Nowak durchblicken, dass Sabine ihnen von ihren interessanten Gesprächskreisen unter Anleitung Davids berichtet habe und von seinem Interesse für das Paranormale. Rüdiger Korte hatte sich interessiert gezeigt, mehr über diese Dinge zu erfahren, da er hin und wieder im Rahmen seiner Tätigkeit als Staatsanwalt mit ihnen in Berührung käme. Da es zu spät für einen Rückruf ist, beschließt David, den Anruf auf den nächsten Morgen zu verschieben. Am Tag darauf vereinbaren die beiden einen Termin in der Staatsanwaltschaft für den darauffolgenden Mittwoch. Nach einer freundlichen Begrüßung durch Rüdiger Korte in dessen Amtszimmer kommt der schnell zur Sache. Als Oberstaatsanwalt sei er mit der Untersuchung in einem Fall mit mysteriösem Hintergrund befasst. Dabei spielten paranormale Fakten eine nicht unerhebliche Rolle, die ihm als Staatsanwalt fremd seien und die er im Vorfeld der Anklage deshalb mit Sachverständigen unterschiedlicher Disziplinen vertraulich und informell beraten will. Er habe von David den Eindruck, dass er zu den spirituellen Aspekten und Hintergründen des Falles einiges beitragen könne. Und so schildert er David von Arnim den Fall, ohne dabei untersuchungsrelevante Ermittlungsdetails preiszugeben.

»Vordergründig handelt es sich um eine junge Frau, die von uns des Mordes beschuldigt wird. Bei den ersten Verhören fiel den leitenden Kriminalbeamten auf, dass sie ständig neue Abläufe des Geschehens mit einer Detailtreue schilderte, die ungewöhnlich ist. Geradezu mysteriös ist es, dass die die Verhöre durchführenden Beamten es scheinbar laufend mit einer neuen Persönlichkeit im selben Körper zu tun haben. Gesichtsausdruck, scheinbares Alter, Stimme und Verhalten wechseln ständig, während die Beamten durchaus den Eindruck hoher Intelligenz der Beschuldigten haben. Wir haben natürlich zuerst an ein seelisches Problem gedacht und zur Begutachtung einen Psychiater hinzugezogen. Der hat eine multiple Persönlichkeitsstörung diagnostiziert, die häufiger vorkomme und normalerweise nicht immer so deutlich und schwerwiegend ausfalle. Sollte es sich also tatsächlich um eine Person handeln, die mehrere Unterpersönlichkeiten in sich trägt, stellt sich die Frage, ob die Betreffende überhaupt strafmündig ist. Dies wird aber Sache des Gerichts und entsprechender offizieller medizinischer Gutachter sein, das letztlich festzustellen.« Der Staatsanwalt macht eine Pause und fragt David, ob er ihm etwas zu trinken bringen lassen könne. David bejaht dankend und bekommt von der Sekretärin ein Mineralwasser gebracht. Dann lauscht er weiter den Worten von Rüdiger Korte.

»Im Rahmen der Verhöre spricht eine der Unterpersönlichkeiten, nach eigenen Worten eine Lehrerin, plötzlich davon, dass eine andere Unterpersönlichkeit, die immer wenn sie auftauchte mit sehr hoher kindlicher Stimme spricht, mit 6 Jahren sexuell brutal vergewaltigt und dabei schwer körperlich verletzt worden sei. Und all das sei in einem unterirdischen Ver-

lies geschehen und von satanischen Geistern durchgeführt worden. Es fiel uns natürlich schwer, das zu glauben, aber wir sind trotzdem verpflichtet, solchen Anschuldigungen nachzugehen. Jetzt meine Frage an Sie. Halten Sie, Herr von Arnim, so etwas überhaupt für möglich, und wenn Sie das hören, was denken Sie dann oder wie schätzen Sie diese Behauptung ein? Vielleicht sollte ich noch hinzufügen, dass die Beschuldigte das Mordopfer als einen ihrer damaligen Vergewaltiger erkannt zu haben vorgibt und sich an ihm rächen wollte.«

David von Arnim überlegt eine Weile und erinnert sich dann daran, dass vor Jahren in esoterischen Kreisen über einen ähnlichen Fall heftig diskutiert wurde. Er sucht in seinem Gedächtnis nach den Details, die damals sogar durch die Medien verbreitet wurden, aber aus unerfindlichen Gründen sehr schnell wieder aus den Schlagzeilen verschwanden. Langsam steigt wieder die Erinnerung an die tragische Geschichte in ihm auf. Er nimmt eine entspanntere Position im Sessel der Sitzgruppe ein, in der sich beide nach der Begrüßung niedergelassen haben, und berichtet dem interessiert zuhörenden Oberstaatsanwalt dann von den damaligen Ereignissen. *»Vor einigen Jahren ging ein ähnlicher Fall durch die Presse und erst seit dieser Zeit ist der Begriff ›multiple Persönlichkeit‹ einer breiteren Öffentlichkeit bekannt. Bis in die 80er-Jahre hinein ordnete man das Verhalten und Auftreten einer solchen Person, wie es offensichtlich die Angeklagte ist, als krankhafte Persönlichkeitsspaltung ein und hielt sie für eine Form der Schizophrenie. Dann ging ein investigativer Journalist der Tatsache nach, dass es scheinbar immer mehr solcher junger Menschen gab, die dieses Krankheitsbild erst nach frühkindlichem extremem Missbrauch entwickelten, und stieß dabei über eine Interviewpartnerin, die unter diesen Symptomen litt, auf eine unglaubliche Geschichte. Er folgte dieser Spur und deckte dabei die Aktivitäten einer geheimen Gruppe schwarz-magisch agierender Persönlichkeiten des öffentlichen Lebens auf. In Ritualen, die dem Satanismus entstammten, missbrauchten sie Kinder und Jugendliche für ihre Zwecke und Ziele und dabei kam es auch zu Ritualmorden.*

Der Journalist veröffentlichte seine Recherchen dann im Internet und in den Medien und wurde daraufhin verfolgt und bedroht. Die betreffende Interviewpartnerin schilderte dem Journalisten, dass sie als Jugendliche entführt und in den Verliesen einer Burg gefangen gehalten wurde. Eine Gruppe in schwarze Kutten gekleideter und maskierter Männer habe sie nackt auf einen Altar gebunden, ihren Körper mit Zeichen bemalt und, während die anderen monotone Lieder sangen, wurde sie vom Anführer zuerst durch das heiße Wachs brennender Kerzen gefoltert und anschließend sexuell missbraucht. Das geschah ihr mehrfach im Verlauf der folgenden Monate, während man sie weiter gefangen hielt. Nach einigen Monaten entdeckte man ihre Schwangerschaft, ließ sie von da an in Ruhe, hielt sie aber weiter gefangen und unter Kontrolle. Als ihre Niederkunft nahte, habe man sie wieder in diesen runden Raum geführt, nackt auf den Altar gebunden, mit Drogen betäubt und anschließend habe ein offensichtlich der Gruppe angehörender Mediziner sie entbunden. Danach wurde sie Zeugin, wie dieser Mann ihrem Neugeborenen bei lebendigem Leib mit dem Hexendolch das Herz herausgeschnitten, es in viele Stücke geteilt und jedes Stück einem der Anwesenden zum Essen überreicht habe. Dieses Erleben und das Entsetzen darüber hätte sie krank gemacht und um den Verstand gebracht.«

Rüdiger Korte verzieht angewidert das Gesicht. Er hat zwar in seiner damaligen Ausbildung an der Universität von solchen Praktiken rituellen Kannibalismus gehört, beruflich sind sie ihm aber bis jetzt, Gott sei Dank, nicht begegnet. Mit großer Aufmerksamkeit hört er David weiter zu, der nun davon berichtet, dass dieser Journalist aufgedeckt hatte, dass dieses grausame Geschehen offensichtlich in einem Turm der Wewelsburg stattgefunden hat, in dem auch die SS zur Nazizeit magische Rituale durchgeführt haben soll. Und nach kurzer Recherche in seinem Smartphone zeigt David dem Oberstaatsanwalt, dass DER SPIEGEL bereits im März 2010 unter der Überschrift »**SS-Ordensburg Wewelsburg, Treffpunkt der Massenmörder**« darüber berichtet hat. Sie ist Deutschlands einzige Dreiecksburg – und die Lieblingsimmobilie von Heinrich

Himmler gewesen. Der »Reichsführer-SS« ließ in der Wewelsburg bei Paderborn ein Refugium für das Spitzenpersonal seines »schwarzen Ordens« einrichten, ein direkt angeschlossenes KZ inklusive. Bei den bekannten Gräueln, die die SS in den Konzentrationslagern begangen hat, bekommen die von David zitierten Personen und Abläufe für den Juristen plötzlich ein ganz anderes Gewicht und auch die Schilderungen der Angeklagten mehr Glaubwürdigkeit. David erklärt ihm, dass die Dreiecksform der Burg bewusst so gewählt wurde, weil das Trinitätsmodell und das Dreieck in der Esoterik für das Göttliche steht und die Christen deshalb unter anderem von einem dreieinigen und dreifaltigen Gott sprechen. In der dualen Schöpfung hätte aber alles einen Gegenpol. Und so kämen bei magischen Ritualen schwarze und weiße Dreiecke zum Einsatz, je nach Ausrichtung des Magiers. Die Wewelsburg sei offensichtlich Eckpunkt eines schwarz-magischen Dreiecks. Interessant sei, dass man heute auch im Management und in der Finanzwirtschaft von einem Magischen Dreieck der Vermögensanlage spricht und damit die bei der Vermögensanlage untereinander konkurrierenden Ziele Rentabilität, Sicherheit und Liquidität bezeichnet. Die drei Ziele werden dabei durch die Eckpunkte des Dreiecks symbolisiert.

Der Journalist hatte weiter recherchiert, dass vor deutschen Gerichten und Staatsanwaltschaften hunderte Anzeigen auf diese Art Geschädigter vorlagen, die aber kurioserweise nicht weiterverfolgt und Verfahren nicht eröffnet wurden mit dem Argument, dass diese Menschen auf Grund ihrer Erkrankung nicht zeugnisfähig wären. Der Journalist vermutete, konnte aber nie belegen, dass die Mitglieder dieser schwarz-magischen Kreise aus den gehobenen Gesellschaftsschichten stammten, und auch Richter und Politiker dazugehörten und dass diese ihren Einfluss nutzten, um weitere Untersuchungen und Prozesse zu verhindern und zu unterbinden. David beendet seinen Bericht und bemerkt jetzt erst, dass Rüdiger Korte sich die ganze Zeit Notizen gemacht hat. Der Oberstaatsanwalt bedankt sich bei ihm und beide vereinbaren, sich bald einmal privat zu treffen, damit Rüdiger Korte mehr über ihn interessierende esoterische Themen erfahren könne.

Als David an diesem Tag seine Tageszeitung liest, stößt er auf eine Anzeige einer großen Frankfurter Buchhandlung, die in ihren Räumen den Besuch eines bekannten englischen Mediums und Buchautors ankündigt. Im Rahmen seines öffentlichen Vortrags will er auch sein Können dadurch demonstrieren, dass er Anwesenden einen Kontakt mit Verstorbenen ermöglichen will. David beschließt, Sabine und die Zwillinge zu fragen, ob sie mit ihm dort hingehen wollen.

Leidensdruck kann hilfreich sein

B ei einer seiner Unterrichtsstunden durch Hanael stellt ihm Walter Nowak die Frage, warum es in Gottes Schöpfung so viel Leid und Elend gäbe und warum viele seiner Kinder als verkörperter Mensch so missraten seien. Wie immer holt Hanael weiter aus und beleuchtet in seiner Antwort Hintergründe, die seinem Schützling nicht bewusst sind. »*In der ursprünglichen rein geistigen Schöpfung gab es weder Leid noch Not. Es herrschte Einvernehmen und Harmonie unter seinen Kindern und jeder war liebevoll für den anderen da. Die fühlbare Nähe zu ihrem Vater und das Empfinden von Einheit ließen gar kein anderes Verhalten zu. Das änderte sich allerdings dramatisch, als ein Teil seiner Kinder das Vaterhaus auf eigenen Wunsch verließ. Auf diesem Weg in die duale Schöpfung gerieten sie immer tiefer unter den Einfluss egoistischer und triebhafter Gefühle. Und so regierte bald das Ich über das Du. Die Liebe, das ursprüngliche Band zwischen ihnen und zu ihrem Schöpfer, verblasste immer mehr und die Angst hielt Einzug in die Welt. Da Gott ihnen die Wahlfreiheit geschenkt hatte, waren ihm die Hände gebunden und er konnte nicht korrigierend eingreifen. Wo früher Eintracht herrschte, regierte jetzt Missgunst und Zwietracht. Durch ihr Weggehen aus den Himmeln verloren sie immer mehr ihre geistigen Fähigkeiten und erschufen sich so ungewollt ihre irdische Hölle.*

Der Allwissende sah voraus, dass dieser Weg ins Dunkel seine scheinbar verlorenen Söhne und Töchter auf einer Schleife doch wieder ins Vaterhaus zurückführen würde und übte sich in Geduld. Aus Einsicht würden sie zurückkehren und der liebende Vater würde ihnen aus Freude darüber ein Festmahl bereiten. Und so kannst du doch auf der Welt beobachten, dass nur die Erfahrung des Leids und der seelische Druck, den es erzeugt, die Menschen zum Nachdenken bringt und ihre Umkehr einleitet. Und so zeigen und beweisen sie doch bis heute, dass sie nur durch Schaden klug werden.

Jetzt, wo das Klima sich auf Erden zunehmend verschlechtert, merken sie erst, dass man nicht gedankenlos und ungestraft die Luft mit Abgasen und Staub belasten darf. Jetzt erst, wo es im Meer inzwischen bald mehr Plastikabfall als Fische gibt, begreifen sie, dass man die Umwelt nicht bedenkenlos verschmutzen kann und man sich dadurch eigene Lebensgrundlagen vernichtet. Sie sägen immer noch mit Genuss an dem Ast, auf dem sie sitzen. Und so wird es geschehen, dass der Ast bald bricht und die, die darauf sitzen, ins Bodenlose stürzen.

Wie du hier bereits gehört hast, wird dieser Planet deshalb bald eine große Wandlung erfahren. Mutter Erde macht nicht mehr nur einen Hausputz, sondern eine Generalreinigung, bevor die neuen Bewohner einziehen werden. Das heißt – und du kannst es beobachten –, dass dieser Reinigungsprozess bereits begonnen hat. Die Erde ändert ihre Struktur und damit auch die Biologie und Seelenstruktur ihrer künftigen Bewohner. Tektonische Ereignisse wie Erdbeben werden die Oberfläche umpflügen, Wasser wird dorthin strömen, wo vorher Land war, und neues Land wird aus der Tiefe aufsteigen. Vulkane werden ausbrechen und das schützende Magnetfeld wird zuerst zusammenbrechen und sich dann in seiner Polarität umkehren mit gravierenden Folgen für das Leben auf Erden. Bruderkriege werden geführt und Hungersnöte und Flüchtlingsströme sind ja jetzt schon fast an der Tagesordnung. Die Spitze der Staaten wird zunehmend von satanischen Geistern erobert und alles entwickelt sich immer schneller zu dem schlagartigen Punkt der Umkehr. Durch Ereignisse, die tief aus dem Innern von Mutter Erde kommen, wird in kürzester Zeit das Leben auf Erden auf seine härteste Probe gestellt. Die Mehrzahl der Menschen und Tiere wird gehen müssen und Platz machen für das neue Bewusstsein, das erst nach dieser Metamorphose auf Erden Einzug halten wird. Das Alte muss sterben, damit das Neue geboren werden kann.

Wäre das alles zu verhindern gewesen? In Anbetracht des freien Willens und wie der Mensch ihn seit Jahrtausenden nutzt, wohl kaum. Da nützt auch jetzt kein Klagen und Jammern mehr, kein Flehen, dass Gott es doch bitte richten soll. Die Weichen sind gestellt und der Prozess der Reinigung und Er-

neuerung wird so ablaufen, wie ihn Propheten schon seit über zweitausend Jahren angekündigt haben. Es steht sogar in eurer Bibel, aber die Menschen verhielten sich diesen Ermahnungen und Ankündigungen gegenüber immer wie die berühmten drei Affen: nichts sehen, nichts hören und nur ja nicht darüber sprechen. Aber alles Verdrängen und Nicht-zur-Kenntnisnehmen hat jetzt ein Ende und so wird das bereits herrschende und das noch ausstehende Leid ein wichtiger Veränderungsfaktor und Motor des Umdenkens und der Verwandlung sein. Und damit habe ich deine eingangs gestellte Frage ausreichend beantwortet!«

Walter ist von dieser Philippika geradezu erschlagen. Zuerst ist er froh, nicht mehr auf Erden sein zu müssen, dann wird ihm zu seinem Schrecken bewusst, dass da unten ja noch seine Kinder und seine Frau leben und ihnen somit bald Schlimmes droht. Hanael hat seine Gedanken gelesen und seine Gefühle gespürt und antwortet ungefragt: »*Du hast doch schon von Schicksal und Karma gehört. Und beide besagen, dass dich nur treffen kann, was zu dir gehört. Gott ist bei den Seinen und seine Engel werden die schützen und bewahren, die sich stets bemüht haben, ein guter Mensch zu sein. Oder bist du vielleicht in der Hölle gelandet!? Ob jemand das Kommende überlebt, oder abberufen wird, ist nicht eine Frage von Zufall oder Willkür, sondern wird von übergeordneten Gesetzen und nicht zuletzt von deinem eigenen Schicksal gesteuert. Sich dessen bewusst zu sein, ist sehr wichtig, und auch die Einstellung, Herr dein Wille geschehe, wird den Menschen helfen, sich nicht als unschuldiges Opfer zu fühlen, sondern Meister des eigenen Lebens zu sein.*«

Walter fragt sich, wo die vielen Menschen, die umkommen, dann alle landen werden. Ob sie in die Hölle kommen oder mehrheitlich sich auf seiner Sphäre wiederfinden werden. Und in welchem Zustand sie hier ankommen werden, wenn sie, von den schrecklichen Ereignissen traumatisiert, plötzlich aus dem Leben gerissen und an einen ihnen unbekannten Ort versetzt werden. Wieder antwortet ihm Hanael, ohne direkt gefragt worden zu sein. »*Das kommt darauf an, wer sie im irdischen Leben gewesen sind. Die, die sich bemüht haben, erfahren nach ihrem Übergang Hilfe und therapeutische Unterstützung von damit beauftragten Engeln. Ein großer Teil der Menschheit, der sich nie um sein Seelenheil gekümmert hat und tief in die Materie verstrickt ist und vielleicht auch noch Böses getan hat, wird nach der biblischen Ankündigung der Johannes-Offenbarung in den Feuerpfuhl geworfen. Andere sprechen vom Fegefeuer und all das ist angstmachend und wenig hilfreich, solange man nicht die verschlüsselte Symbolik dieser Worte versteht. In dem kommenden Ausleseprozess werden die Geister dieser Menschen einem Reinigungsprozess ihrer Seelen unterzogen, was ich dir gleichnishaft am Beispiel eines Computers erklären will.*

Wenn wir den äußeren Computer mit dem menschlichen Körper gleichsetzen, so ist die Festplatte seine Seele. Diese Festplatte ist oft so mit Datenmüll überladen, dass die Datenverarbeitung immer langsamer und träger wird. Menschen ersticken oft seelisch an ihren Trieben, Neigungen und Lastern, so dass man nicht mehr von einer Entwicklung sprechen kann. Ihr Rückweg ist zum Stillstand gekommen. Was macht man als Mensch dann mit so einem Computer? Man formatiert ihn und löscht überflüssige und unbrauchbare Daten und Inhalte. Dieser Prozess ist elektromagnetischer Natur. Der direkte Kontakt mit der groben elektrischen Energie wird nun von verkörperten wie unverkörperten Menschen unangenehm und schmerzhaft empfunden. Für Geister ist sie wie brennendes Feuer. Und so fühlen sie diesen Prozess der seelischen Reinigung von allen Daten wie ein Verbrennen. Danach ist ihre Seele wieder, wie zu Beginn ihres ersten Eintritts in die unteren Ebenen, leer und befreit von allen Erfahrungsdaten und es beginnt ein neuer und langer Rückweg ins Licht. Diese Seelen werden nun wieder, wie beim ersten Mal, in die Schule geschickt und durchlaufen noch einmal alle Klassen vom Mineral- über das Pflanzen- und das Tierreich, bis sie nach langer Zeit wieder als neugeborener Mensch über irgendeinen Planeten in Gottes weiter Schöpfung wandern.«

Walter haben diese Worte sehr nachdenklich gemacht und er fragt sich, ob er nicht etwas für die Entwicklung seiner Lieben auf Erden machen kann, um ihnen ihren weiteren spirituellen Weg zu erleichtern. Da er über seinen Bildschirm ihre Schritte in dieses neue Denken beobachtet, weiß er, dass David plant, mit ihnen dieses englische Medium aufzusuchen. Und er fragt sich, ob es ihm erlaubt wird, auf diesem Weg Kontakt mit Sabine und seinen Töchtern aufzunehmen.

Ein Blick auf den lächelnden Hanael sagt ihm, dass seine Chancen dafür gut stehen, und frohen Herzens zieht er sich zu einer Meditation in sein Refugium zurück.

Die Kommunikation zwischen den Welten

David hat seinen neuen Verwandten bisher noch nicht verraten, dass er schon seit Jahren immer mal wieder zu einer esoterischen Gruppe geht und dort an Séancen teilnimmt. Im Internet war er damals auf die Seite »wikihow.com/Eine-Seance-durchführen« gestoßen. Dort wurde der Ablauf und das Wesen einer Séance anschaulich in Bild und Text geschildert. Interessiert und angetan von der sachlichen und verständlichen Erklärung, hatte er Kontakt zu einem Medium aufgenommen, von dem er gehört hatte, dass es einen solchen Kreis leiten würde. Angelika Forstman war eine attraktive Psychologin Mitte 30, die in England studiert hatte und dort mit bekannten Medien in Kontakt gekommen war. Diese hatten schnell ihre Begabung für den Mediumismus festgestellt und ihr eine Ausbildung angeboten. Seitdem channelte sie mit großem Erfolg. Ein Medium ist eine Person, die von sich behauptet, ein Kanal zum Jenseits zu sein und Botschaften von übernatürlichen Wesen wie Engeln, Geistern oder Verstorbenen zu empfangen oder anders geartete »nicht-physikalische« Wahrnehmungen zu haben. In der Parapsychologie wird der Begriff dabei unabhängig von kulturrelativ religiösen oder okkulten Weltbildern verwendet. Die bekanntesten Phänomene oder Techniken sind dabei Hypnose und Telepathie. David war zwar anfangs skeptisch und auch ein wenig misstrauisch gewesen, da er schon viel Negatives über solche Sitzungen gehört hatte, aber seine Neugier war letztlich größer. Er fand Angelika Forstman nicht nur sympathisch, sondern war auch schnell von ihrer Seriosität überzeugt. Am meisten hatte ihn beeindruckt und bewogen weiter an ihren Sitzungen teilzunehmen, dass sie schon in der zweiten Sitzung in Kontakt mit seiner verstorbenen Mutter gekommen war, die durch sie sprach und sich dabei durch private Ereignisse und Sachverhalte identifizierte, die nur sie und David wussten. Diese Sitzung war für David sehr ergreifend gewesen und er war froh und glücklich von seiner Mutter zu hören, dass sie öfter bei ihm und stolz auf seine Erfolge sei.

In solchen Sitzungen hat er auch das Erscheinen von nebelartigen Geistwesen und die Materialisation von unterschiedlichen Dingen wie Schmuck, Blütenblätter und merkwürdigen Steinen erlebt. Dabei war ihm bewusst geworden, dass solche Erfahrungen auch Angst machen und gefährlich sein können. Denn wenn das Medium nicht rein ist, kann es von satanischen Kräften übernommen und dazu benutzt werden, andere Menschen zu schädigen. Das kann dann bei den Betreffenden zu seelischen und körperlichen Erkrankungen führen. Im schlimmsten Fall kann es sogar zu bleibenden Formen der Besessenheit kommen. All das hat ihn bewogen, dieses Thema bei Sabine und den Zwillingen nur sehr vorsichtig anzusprechen. Er kennt ja inzwischen Sabines Einstellung. Deshalb hat er ihnen auch noch nichts von seinen Besuchen in Angelika Forstmans Praxis erzählt, wo diese spiritistischen Sitzungen nachts stattfinden. Die Möglichkeit, sich diesem Thema in aller Öffentlichkeit und im Rahmen einer renommierten Buchhandlung zu nähern, scheint David nun ein gutes Argument zu sein, und er hofft, Sabine umstimmen und zur Teilnahme bewegen zu können. An der Neugier und Begeisterung von Verena und Laura zweifelt er nicht.

Und noch eine Sache hat er den drei bisher verschwiegen. Auf Empfehlung der Psychologin hat er im letzten Jahr bei einem bekannten Geistheiler eine Ausbildung zum Heiler gemacht. Auch hier handelt es sich um eine Form der Medialität, da ein wahrer Geistheiler nicht nur Energien der physischen, sondern auch der seelischen und geistigen Ebene überträgt. Darüber hinaus hat sich bei ihm, wie bei den meisten Teilnehmern dieser Ausbildung, die Befähigung gezeigt, mittels eines Pendels die Energiezustände der Chakren überprüfen und durch gezielte Manipulation in Form von Energieübertragung die Ordnung im System wiederherstellen zu können. Seine Sekretärin und einige Freunde, die sich seiner Behandlung probeweise anvertrauten, waren begeistert und voll des Lobes gewesen. Am meisten hat David aber die Tatsache beeindruckt, dass nach der Behandlung eines Freundes, der sich beim Fußballspielen den Knöchel gebrochen hatte, schon nach wenigen Sitzungen eine deutliche Besserung und Schmerzlinderung auftrat und nach ein paar weiteren Behandlungen der Bruch im Röntgenbild nicht mehr erkennbar war. Die dabei auftretenden Empfindungen von Wärme und Hitze in seinen Händen fasziniert ihn immer wieder und durch die Rückmeldung seiner Probanden hat er die Gewissheit, dass er sich das nicht einbildet. Leider fehlt ihm als Unternehmer die Zeit und auch der Mangel an Patienten verhindert, dass er diese Fähigkeiten durch Übung weiterentwickeln kann.

Es ist ein weiterer warmer Abend Anfang Oktober 2018, als David wieder mit Sabine und den Zwillingen auf der Terrasse sitzt. Immer noch ist es überdurchschnittlich warm. Dieses Wetter herrscht in der Mitte und im Süden Deutschlands jetzt schon seit Mai an und der Sommer will einfach kein Ende nehmen. Die Bauern klagen über massive Ernteausfälle auf Grund der Trockenheit und die Schifffahrt leidet unter den niedrigen Wasserständen der größeren Flüsse. Die Klimaveränderung ist jetzt schon nicht mehr zu leugnen und für die kommenden Jahre prognostizieren Klimaforscher einen weiteren Anstieg mit weitreichenden Folgen für Land und Leute. David hat die Zeitungsseite mit der Ankündigung der Buchhandlung mitgebracht und überreicht sie Sabine mit den Worten: »*Ich würde mich freuen, wenn ihr meine Einladung zu diesem Abend annehmen würdet. Im Rahmen dieser Vortragsveranstaltung könnt ihr euch ein objektives Bild zu dem Thema ›Kontakt mit Verstorbenen‹ machen. Ein hell erleuchteter Raum, viele interessierte Zuhörer und eine renommierte Buchhandlung gewährleisten, dass nichts Unheimliches geschieht. Ihr müsst auch an nichts teilnehmen und könnt euch ganz auf die Rolle von Zuhörern und Beobachtern konzentrieren. Was haltet ihr davon?*«

Wie es nicht anders zu erwarten war, sind Laura und Verena hell begeistert und drängen ihre Mutter, Davids Einladung zu folgen. Im Bewusstsein ihrer Volljährigkeit haben beide schnell entschieden, David auf jeden Fall zu begleiten. Sabine zögert und fühlt sich in die Ecke gedrängt. Das Thema ist ihr nicht geheuer. Sie weiß, dass sie ihren Töchtern nichts mehr verbieten kann, will sie aber auch nicht allein in dieses Abenteuer stolpern lassen, und so gibt sie schließlich mit deutlich erkennbarer Skepsis ihr Einverständnis. Zu der Veranstaltung am kommenden Wochenende wird David sie alle abholen und seine Damen, wie er sie scherzhaft und mit einer Verbeugung tituliert, nach dem Vortrag zu einem späten Abendessen in sein Lieblingsrestaurant in der Altstadt ausführen. Nachdem das geklärt und der Abend noch früh ist, kommt David auf das Thema der Reinkarnation und Seelenwanderung zurück. Er berichtet, dass der Philosoph Schopenhauer, viele Wissenschaftler und auch Dichterfürsten wie Goethe davon überzeugt waren, dass die Seele durch Zeit und Raum wandert und sich zu ihrer Weiterentwicklung immer wieder inkarniert. Aber damals gab es noch keine entsprechende Therapie und so blieb es beim Glauben. Und dann erzählt er einen Fall aus der Psychologie-Praxis von Angelika Forstman. Ihre Arbeit als Medium und Leiterin einer Gruppe, die sich mit Séancen beschäftigt, lässt er aber vorläufig unerwähnt.

»Zu Angelika kam eine Heilpraktikerin aus der Nachbarstadt, die im Rahmen einer Rückführung ein sie sehr belastendes Thema durchleuchten lassen wollte, um zu einer Entscheidung kommen zu können. Dem zweijährigen Sohn der Frau war zuvor von schulmedizinischer Seite ein Fehler am Herzen diagnostiziert und eine baldige Operation angeraten worden. Als Heilpraktikerin und Homöopathin hatte sie eine gewisse Distanz zu ihren ärztlichen Kollegen und den Methoden der Schulmedizin und wollte nichts unversucht lassen, vielleicht durch alternative Heilmethoden einen Eingriff vermeiden zu können. Spirituell gebildet wusste sie, dass jede Erkrankung Ausdruck eines seelischen Konflikts ist. Als sie am Telefon Frau Forstman den Fall schilderte, riet die ihr, die Krankheitsursache durch eine

Rückführung bewusst zu machen. Da das aber bei einem zweijährigen Kind nicht möglich ist, sollte die Mutter sich zur Verfügung stellen. Die Psychologin erklärte ihr, dass die Tatsache, dass sie im aktuellen Leben die Mutter des kranken Kindes ist, dies mit hoher Wahrscheinlichkeit ein Indiz dafür sei, dass sie bereits an dem für die Krankheit verantwortlichen Vorleben des Kindes federführend beteiligt gewesen sei und daher in ihrem Unterbewusstsein die Antwort auf all ihre Fragen bezüglich ihres Kindes gefunden werden kann. Das leuchtete der Mutter ein und die beiden verabredeten eine Sitzung, die Licht ins Dunkel bringen sollte.

Frau Forstman führte die Frau durch Suggestionen in eine therapeutische Trance und bald stiegen deutliche Erinnerungsbilder in ihr auf, die überraschende Erkenntnisse mit sich brachten. Die Patientin erlebte mit viel Gefühl, wie sie mit einem Sohn an der Hand durch eine Hochgebirgslandschaft wandert. Beide haben es eilig und scheinen auf der Flucht vor einer drohenden Gefahr zu sein. Plötzlich rutscht der Knabe aus und stürzt einen steilen Abhang hinunter. Die Patientin stöhnt und weint in der Trance und stammelt dann, dass sich ihr Kind das Kreuz gebrochen habe und nun tot sei. Als sie sich wieder etwas beruhigt hat, fordert die Psychologin sie auf, sich die kindliche Seele bewusst zu machen, ihre Energie zu spüren und in sich hineinzufühlen, ob diese Seele heute wieder in ihrem Umfeld sei. Zum Erstaunen von Frau Forstman identifizierte die Patientin voller Überzeugung den damaligen Sohn als ihren heutigen Mann. Die eigentliche Frage, nach der vergangenen Beziehung zu ihrem heutigen Sohn, blieb vorerst unbeantwortet. Als sie wieder aus der Trance ins Tagesbewusstsein zurückgekehrt ist, erzählt sie der gespannt lauschenden Therapeutin, dass ihre größte Sorge in ihrem bisherigen Leben ein Unfall ihres Mannes gewesen ist, der, als sie mit dem Kind schwanger war, als Gleitschirmpilot abgestürzt ist und sich dabei mehrere Wirbel gebrochen habe. Viele Monate sei sie zwischen Hoffen und Bangen geschwebt, da es nicht klar war, ob ihr Mann am Ende querschnittsgelähmt bleiben würde. Seit einem Jahr sei nun alles gut überstanden und bei ihrem Mann nichts zurückgeblieben.«

David nimmt einen Schluck Wasser und spürt, dass es inzwischen etwas abgekühlt, aber immer noch sehr angenehm ist, draußen zu sitzen. Und er berichtet weiter: »*Als Medium erforschte die Psychologin, von der Patientin unbemerkt, ihr Unterbewusstsein und erklärte dann der Frau, dass der damalige Verlustschmerz eine Wiederholung des alten Geschehens mit diesmal allerdings positivem Ausgang erzwungen hat, damit sie und ihr Mann das alte Trauma auf diese Weise neutralisieren und erlösen konnten. Die Erkrankung des heutigen Kindes ginge, so erklärte es Frau Forstman, auf seine Erfahrung im Mutterleib zurück, als es die Ängste und Sorgen der Mutter voll mitbekommen habe und in der Erkrankung des Herzens, das ja für den seelischen Bereich der Gefühle steht, dies deutlich ausdrücke und spiegele. Es käme öfter zu Schädigungen des Fötus durch sehr negative Erfahrungen und Gefühle der werdenden Mutter während ihrer Schwangerschaft. Und sie empfahl ihrer Patientin, ihrer beider Karma zu vertrauen und das Kind operieren zu lassen, da das für die seelische und körperliche Gesundung des Kindes wichtig sei. Manchmal sei Krankheit und auch der folgende Eingriff der Weg zur Befreiung und Erlösung. Darüber hinaus riet sie ihr, bei einer befreundeten Heilerin und Podologin die Ausbildung zur Metamorphose-Therapeutin zu machen, um ihrem Kind nach der OP noch weiter bei seiner Gesundung helfen zu können, und überreichte ihr einen erläuternden Prospekt der Kollegin. Dort konnte die Patientin lesen: Unser Lebensprogramm wird schon in der »pränatalen«, also vorgeburtlichen Phase geschrieben. In dieser Phase ist das Embryo mit der Mutter so verbunden, als wären sie EINS. Die Emotionen und belastenden Situationen der Mutter werden unbewusst übernommen. Erfahrungen dieser Zeit prägen sich in der Knochenkammlinie ein und der Körper setzt Säure-Kristalle entlang dieser Linie ab. Die Metamorphose ist eine sanfte Massagetechnik an Fuß, Hand und Kopf und bietet eine Möglichkeit, diese Säurekristalle und die ihnen innewohnenden Informationen herauszulösen und zu transformieren. Diese Technik zu erlernen erfordert keine Vorkenntnisse. – Wie ich inzwischen gehört habe, hat das Kind die Operation gut überstanden, und die Mutter behandelt und massiert es nach dieser Methode, was beiden sehr gut tut.*«

Der Besuch der Vortragsveranstaltung des englischen Mediums in der Buchhandlung wird für alle vier unerwartet zu einer dramatischen Grenzerfahrung. Der Vortrag beginnt um 19 Uhr und dient zuerst der ausführlichen generellen Information, was ein Medium ist und tut, was man bei diesem Prozess beachten muss und zu welchen Ergebnissen er führen kann. Und der Referent untermauert seine Aussagen mit der Schilderung beispielhafter Erlebnisse im Rahmen seiner Arbeit und im Verlauf von Séancen. Nach einer kurzen Pause tritt der Mann wieder vor sein Publikum. Neben ihm auf einem Stehpult liegen nun ein Zeichenblock und Malutensilien. Das Medium erklärt, dass es mit seinen inneren Sinnen Verstorbene wahrnimmt und als ausgebildeter Portrait-Maler die ihm fremden Gesichter danach sofort zeichnet. Anschließend hebt er die Skizze hoch und zeigt den Anwesenden, wie der für die Zuhörer unsichtbare Besucher aussieht, und fragt, ob jemand im Saal diese Person kennt.

Nach dieser Ankündigung bittet der Engländer um Ruhe, damit er sich ungestört auf die innere Begegnung und Wahrnehmung des betreffenden Besuchers konzentrieren kann. Im Saal ist es totenstill und alle schauen gebannt auf das Medium, das, an das Stehpult gelehnt, tief in sich versunken scheint. Nach einer Weile hebt der Mann plötzlich ruckartig den Kopf und beginnt mit großer Geschwindigkeit zu malen. Dann hebt er das Portrait einer älteren Dame hoch, deren aristokratisches Gesicht von einem spanischen Schleier umrahmt ist und eine große Perlenkette um den Hals trägt. Ein Aufschrei in den vorderen Sitzreihen verrät, dass jemand diese Frau erkannt hat. Auf Bitten des Mediums erhebt sich die betreffende junge Frau, die sehr modisch und teuer gekleidet ist und nun schluchzend berichtet, dass es sich um ihre Großmutter handele, die in Valencia gelebt habe und dort Inhaberin eines großen Gestüts gewesen sei, bevor sie vor einem Jahr gestorben wäre. Wieder versenkt sich der Mann und hört in sich hinein und verkündet dann der erschütterten Enkelin, dass die alte Dame seit ihrem Übergang oft bei ihrem Liebling gewesen und ihr Trost gespendet hätte, als sie wieder einmal durch ihre große Emotionalität Schiffbruch in ihrer Beziehung erlitten hätte. Weinend bestätigt die Enkeltochter, dass sie die Anwesenheit ihrer Großmutter meistens gespürt habe. Auf ihre Nachfrage hin lässt ihr die alte Dame über das Medium ausrichten, dass es ihr in ihrer neuen Heimat sehr gut ginge und sie auserwählt wurde, zukünftig die Seelenbegleiterin ihrer Enkeltochter zu sein. Es folgt noch ein kurzer Dialog zwischen den beiden, dann verabschiedet sich die Großmutter und das Medium macht eine kurze Pause.

Ein Raunen geht durch den Saal, als diese erste Begegnung zu Ende geht, und Sabine und ihre Töchter in einer der hinteren Sitzreihen sind sehr beeindruckt von dem bisherigen Geschehen. Der Engländer kommt erneut auf die Bühne und versenkt sich wieder. Diesmal dauert es etwas länger, bis er inneren Kontakt hat, und wieder malt er das Gesicht des betreffenden Besuchers mit großer Geschwindigkeit auf das Papier. Als er es hochhebt, durchfährt es David, Sabine und ihre Töchter wie ein Blitz. Sprachlos schauen sie in das Antlitz von Walter Nowak, der ihnen da lächelnd entgegenblickt und auf dem Bild fast jugendlich und sehr vital aussieht. Sabine ist schluchzend zusammengesunken und auch Verena und Laura sind tief erschüttert und haben Tränen in den Augen. Und deshalb erhebt sich David, als das Medium nach Angehörigen oder Bekannten im Publikum fragt. Er erklärt kurz die verwandtschaftlichen Beziehungen von ihnen vier zu dem im letzten Jahr Verstorbenen. Dann lässt der Mann Walter Nowak zu Wort kommen und das erstaunte Publikum erlebt, wie der Engländer scheinbar übernommen und zum Sprachrohr des Verstorbenen wird, der seine Lieben auf diese Weise dann direkt anspricht. *»Ich grüße euch, meine Lieben. Es ist mir eine große Freude, euch auf diese Art meine unsterbliche Seele und das Weiterleben nach dem Tod demonstrieren und beweisen zu können. Sabine, du siehst und kannst es jetzt fühlen, dass ich oft bei dir bin und dich in die Arme nehme, und ich bedanke mich auf diesem Weg noch einmal für die wunderschönen gemeinsamen Jahre. Ihr, meine Töchter, seid mein ganzer Stolz und ich verfolge eure Entwicklung mit viel Empathie. Macht weiter so, die Beschäftigung mit eurer Seele* *wird euch viel Gewinn bringen. Dir, mein Sohn, danke ich, dass du dich als spiritueller Lehrer und Begleiter deiner neuen Familie zur Verfügung stellst und ihnen so den Weg ebnest. Es ist mir zum ersten Mal erlaubt, direkten Kontakt mit euch aufzunehmen. Wir werden uns bald auf die eine oder andere Weise wiedersehen. Lasst euch überraschen. Für heute ist es genug und so verabschiede ich mich von euch und sende euch meinen Frieden. Gott schütze euch!«*

Sabine und ihre Töchter brauchen lange, um sich von ihrer Erschütterung und Sprachlosigkeit zu erholen und zu Davids Bedauern wollen sie nach dieser Erfahrung sofort nach Hause und das geplante Abendessen zu einem späteren Zeitpunkt nachholen. David zeigt Verständnis und so brechen sie nach Beendigung der Veranstaltung sofort auf. David hat sich noch von dem englischen Medium das Portrait von Walter geben lassen und überreicht es den drei zum tränenreichen Abschied vor ihrer Haustür. Unausgesprochen ist allen vier klar, dass dieses Erleben sie noch enger zusammengeschweißt hat.

Das Leben will erfahren werden

Walter Nowak ist sehr froh, dass es ihm erlaubt wurde, über das Medium Kontakt mit seinen Lieben aufzunehmen. Aber Hanael macht ihm klar, dass das vorerst eine Ausnahme war und in erster Linie ein Impuls und Anstoß für Sabine und die Zwillinge sein sollte, sich weiter und noch intensiver um ihre seelische Entwicklung zu kümmern. Seine eigene Ausbildung und ihre Inhalte versetzen ihn immer wieder in Erstaunen. So hat er mit Hanael die anderen Planeten des Sonnensystems besuchen und feststellen dürfen, dass sie alle von Menschen bewohnt waren. Menschen, die auf ihn einen edleren Eindruck machten und körperlich größer und attraktiver wirkten. Es gab Unterschiede in der Natur und der Tierwelt und ihr Gottesglaube war intensiver und unmittelbarer als auf Erden. Aber auf jedem Himmelskörper hatten die dort lebenden Seelen einen erkennbar menschlichen Körper. Hanael erklärt ihm, dass dieses Sonnensystem, vergleichbar den Naturreichen auf der irdischen Welt, eine Art Schule sei. Nur auf der Erde würden die Menschen auf der untersten physischen Ebene existieren. Entsprechend ihrem inneren Reifeprozess würden sich viele nach ihrem irdischen Tod auf anderen Planeten inkarnieren. Dieses Sonnensystem sei wie eine Grundschule, die aus vier Klassen bestünde. Auf der Walter bekannten Erde und dem dazugehörigen Mond würde das Bewusstsein am niedrigsten schwingen, vergleichbar der ersten Klasse dieser Schule. Die vierte und damit Abschlussklasse sei in jedem Sonnensystem die jeweilige Sonne, wo die Seelen auf der Kausal- oder Lichtkörperebene leben.

Auf Walters Nachfrage hin, wieso er nur mit Hanaels Hilfe all das sehen konnte, erklärte ihm sein Lehrer, dass die Atome, die die Körper bilden, auf jeder Ebene schneller schwingen und deshalb höher schwingende Körper von menschlichen Augen, die nur auf eine bestimmte Bandbreite des Lichts eingestellt seien, nicht wahrgenommen werden könnten. Und deshalb hätte er auch damals die Naturgeister und Engel, die ständig auf Erden Dienst taten, nicht sehen können, obwohl sich einige, wie beispielsweise sein Schutzengel, zeitweise in seiner unmittelbaren Nähe aufgehalten hätten. Und aus diesem Grund würden auch die Menschen, wenn sie zukünftig in Raumschiffen zum Mars fliegen, dort kein höheres Leben vorfinden. Es wäre sehr wohl da, wie Walter jetzt von ihrem Besuch her wüsste, würde aber auf einem höheren und deshalb für die Raumfahrer unsichtbaren Niveau schwingen. Grundsätzlich gilt, so erklärt es Hanael Walter, dass nur das Höhere das Niedere wahrnehmen kann, aber nicht umgekehrt. Wenn ein höheres Wesen aus übergeordneten Gründen für Menschen sichtbar werden will, muss es deshalb die Drehgeschwindigkeit aller Teile seiner Körperatome verlangsamen und sich dadurch auf das Wahrnehmungsniveau seines Gesprächspartners einschwingen. Und genau das sei bei seinem Kontakt mit dem Medium geschehen. Und mit einem verschmitzten Lächeln meint Hanael: »*Allerdings habe ich da noch ein wenig nachgeholfen. Später wirst du das auch von alleine können.*«

Walter ist wieder auf dem Weg zu einem weiteren Vortrag des hohen michaelischen Engelwesens, der diesmal im Freien auf einer großen blumenumrandeten Rasenfläche stattfindet. Der Redner sitzt etwas höher auf einem Podest, so dass die vor ihm auf dem Boden sitzenden Zuhörer ihn gut sehen können. »*Der Segen und der Friede Gottes sei mit euch! Als verkörperte Menschen lebt ihr bis hinauf auf die Mental- oder Gedankenebene im groben Ausdruck der Dualität. Das führt dazu, dass ihr ständig zwischen zwei Möglichkeiten wählen müsst. Nehme ich den rechten oder den linken Pfad? Will ich mich als Mann oder Frau inkarnieren? Wähle ich eine friedvolle oder eine kriegerische Zeit für mein künftiges Leben? Die grundsätzlichen Dinge im Leben sind immer dual. Darunter entfaltet sich die duale Grundentscheidung in ihre Vielheit. Wenn ihr euch beispielsweise für eine weibliche Verkörperung entschieden habt, stellt sich* danach die Frage nach der Rasse, der Kultur, der Nation und der Familie. Ihr habt dann, wie beispielsweise bei der Rasse, mehr als zwei Möglichkeiten, aber immer müsst ihr euch für etwas beziehungsweise eine entscheiden. Ihr könnt eine Wahl hinauszögern, euch scheinbar verweigern, aber auch das ist eine Wahl! Der sich aus den grundsätzlichen Schöpfungsgesetzen ergebende Zwang zur Wahl führt also zu einer Entscheidung. Bereits in diesem Wort zeigt sich die Natur des Folgenden. Es kommt zur Scheidung, zur Trennung beziehungsweise zur Spaltung. Die Einheit verliert sich immer mehr in die Vielheit.

Neben dem Gedanken sind es insbesondere die Gefühle, die zu dieser Entscheidung und damit Spaltung führen. In diesem Prozess spielen sie für die absolute Mehrzahl der verkörperten Menschen die entscheidende Rolle. Es sind also die Emotionen, die ihr mit einer Sache, einem Umstand oder einem Ablauf verbindet oder die dadurch ausgelöst und geweckt werden, die euch wählen lassen. Ihr findet das eine schöner, besser oder beglückender als das andere. Das, was ihr wählt, spiegelt euch und eure Motive. Ihr wählt entsprechend dem Bild, das ihr von euch habt, und definiert euch dann über das, was ihr gewählt habt. In Folge sagt ihr: Ich bin stark, treu und mutig oder schwach, untreu oder feige. Ihr wählt, was ihr zum Ausdruck bringen wollt. Bei noch jungen und unreifen Seelen wird diese Wahl noch sehr von ihrem Karma und ihren niederen Instinkten und Gefühlen beeinflusst. Auf höheren Ebenen drücken sich durch euren Lebensplan auch eure qualitativ wertvolleren Motive aus. Ihr wählt, einem edlen Zweck zu dienen, euer Leben für eine gute Sache zu opfern oder durch die Wahl einer Behinderung euren irdischen Eltern und Geschwister zu helfen, Nächstenliebe und Fürsorge zu entwickeln. Während es bei jungen Seelen noch sehr um die persönliche egoistische Erfahrung geht, lassen sich alte Seelen bei ihrer Planung eher von übergeordneten altruistischen Motiven wie beispielsweise das der Nächstenliebe leiten.

Aus der Sicht Gottes, der auf alles herabblickt, ist jedoch jede Wahl gleich gut, führt sie doch zu neuer Erfahrung. Seine Beurteilung ist nicht von menschlichen Gefühlen, Vorlieben und Bewertungen beeinflusst. Und so liebt er die Prostituierte im gleichen Maße wie den Mann, der sich bei einem Rettungsversuch selbstlos opfert. *Gott geht es um die Erfahrung an sich, nicht um eine moralische Bewertung.* Er ist nicht wie ihr Gefangener der Dualität und der daraus erwachsenden Konsequenzen. Er ist gewissermaßen neutral und hat keine Vorlieben oder eine vorgefasste Meinung. Da er in sich ruhend die Einheit und Ganzheit repräsentiert, ist er nicht gespalten, muss sich nicht entscheiden, nimmt grundsätzlich alles liebend an! Und so liebt er den Sünder wie den Gerechten gleichermaßen. Das zu hören und zu verstehen fällt dem verkörperten Bewusstsein unendlich schwer, ist es doch noch in der Dualität gefangen, muss den einen ablehnen und kann nur den anderen akzeptieren. Um diese Spaltung zu überwinden, riet Jesus den Anwesenden bei der Bergpredigt, den Feind lieben zu lernen. Daraufhin verließ ihn ein Großteil seiner Zuhörer empört. War es doch für sie undenkbar, ihren erklärten Feind und Besatzer ihrer Heimat, die Römer, nicht zu hassen und sogar zu lieben.

Nun könnte man den Eindruck gewinnen, dass es doch für den Geist besser sei, gleich zu Haus zu bleiben, um damit der Dualität und dem, was sie mit sich bringt, zu entgehen. Das hat euer Geist, wie Siddharta vor euch, und habt ihr selbst, vor eurem ersten Eintritt in die grobstoffliche Schöpfung, anders gesehen. Sonst würdet ihr doch nicht hier vor mir sitzen. Dieser tief in euch verankerte starke Wunsch, euch anders zu erleben, als ihr es von zu Hause her kennt, ist bis heute die Triebfeder, euch immer wieder zu verkörpern. Und dort, wo ihr diese Entscheidung trefft, also im Kernbereich eures Wesens, habt ihr keinerlei Bedenken, euch wieder in das Abenteuer weiterer Leben zu stürzen. Ihr erkennt den Nutzen, den es euch bringt, und als ewiges Wesen habt ihr auch keine Angst vor dem Kommenden. Ja, viele von euch wählen sogar die Erfahrung von Angst, Leid und Not, weil sie empfinden wollen, wie sich das anfühlt, was sie aus dem Licht nicht kennen, aber von oben beobachten können. Und ihr nehmt sogar den Tod und die Angst davor freudig in Kauf, weil ihr im Innersten doch wisst und es hunderte Male erlebt habt, dass er eine Illusion ist, dass es nur Wandel, aber nie Vernichtung gibt. Es hat euch niemand gezwungen, viele Male hinabzusteigen, aber ihr habt es doch so oft freiwillig gemacht. Warum wohl?

Oftmals wird das vielzitierte Karma als Zwang, Bestrafung oder Joch ge-
schildert und empfunden. Nichts davon ist wahr. Wenn ihr euch verkörpert,
verliert ihr aus guten Gründen ein Großteil eures ursprünglichen Bewusst-
seins. Wenn ihr noch im Vollbewusstsein eures Geistes wärt, wäre das Spiel
nicht möglich. Wie könntet ihr euch vor dem Tod fürchten, wenn ihr wisst,
dass es ihn so gar nicht gibt? Wie könntet ihr Mangel empfinden, wenn ihr
euch alles, was ihr braucht, sofort erschaffen könntet? Wie wäre es euch
möglich, einmal böse zu sein und euch von Gott abzuwenden, wenn ihr
wüsstet, dass das auf Dauer gar nicht geht, weil alles eins ist und bleibt? Der
zeitweise Verlust eures Hintergrundbewusstseins macht das ganze Spiel des
Lebens als Mensch doch erst möglich! Das Karma ist nur die Spielregel, die
gewährleistet, dass das Spiel nicht seinen Sinn verliert, ihr bis zum Ende
auf dem Spielfeld bleibt und letztlich wieder ins Licht zurückkommt. Und
da im Innersten alles mit allem verbunden und eins ist, kommen alle eure
Erfahrungen auch Gott zu Gute und bereichern ihn. Tatsächlich erleben
verkörperte Menschen, die sich all dessen bewusst sind und versuchen, ein an
hohen Werten ausgerichtetes Leben zu führen, wie schwer das in der Praxis
ist. Wie sie ihren eigenen Ansprüchen nicht gerecht werden und an ihren ver-
meintlichen Unzulänglichkeiten verzweifeln. Denen sage ich, dass sie sich
nicht verurteilen, sondern lieben sollen, so wie Gott selbst den schlimmsten
Sünder annimmt und liebt, weiß er doch, dass das Spiel letztlich eine Illu-
sion ist und auch der, der sich sehr weit entfernt hat, am Ende wieder reu-
mütig ins Vaterhaus zurückkehren wird, wie es uns das Gleichnis von Jesus
vom verlorenen Sohn anschaulich lehrt. Damit soll es für heute genug sein.
Bleibt weiter im Bewusstsein der allumfassenden Liebe Gottes und seiner
geöffneten Arme. Sein Friede sei mit euch!«

Walter bleibt noch eine Weile sitzen, beteiligt sich aber nicht an
den lebhaften und teilweise leidenschaftlichen Diskussionen, die
ringsum stattfinden. Er ist sehr in sich gekehrt, lässt noch einmal
verschiedene Stationen seines vergangenen Lebens in seiner Erinnerung aufleben und merkt, wie schwer es ist, distanziert und gelassen
zu bleiben. An all den inneren Bildern hängen starke Emotionen,
die ihn nicht kalt lassen. Insbesondere die, wo er nicht zufrieden mit

sich und selbst sein größter Kritiker war, machen ihm die Realität dessen, was er soeben im Vortrag gehört hat, deutlich bewusst. Er erinnert sich an Szenen vor Gericht, wo er als junger Anwalt sich oft geschämt hat, weil er sich dem gegnerischen Anwalt nicht gewachsen fühlte und deshalb die guten Kontakte zu seinen Freunden in der Staatsanwaltschaft nutzte, um sich so unzulässig Vorteile für seinen Mandanten zu verschaffen. Noch ältere Bilder steigen in ihm auf, als er sich von Davids Mutter nach kurzer und intensiver Liebesbeziehung lieblos und unschön gelöst hat, weil sie mehr von ihm wollte, als er bereit war zu geben. Und er fragt sich, wo sie jetzt wohl gerade sein könnte. Als er Hanael danach fragt, sagt der ihm, dass die ehemalige Elisabeth von Arnim sich inzwischen wieder inkarniert habe und gerade als kleiner Junge wieder auf Erden in einer wohlhabenden indischen Familie lebe.

Nachdenklich fragt Walter seinen Begleiter: »*Und wo ist dann jetzt Elisabeth? Steckt sie als reine Erinnerung in diesem Jungen? Oder hat sie irgendwo auch weiter ein eigenständiges Leben als die Frau, die sie war? Wenn in der dualen Schöpfung alles einen Gegenpol hat, gibt es dann auch einen Zwilling von jedem von uns und wenn ja, wo steckt der?*« Hanael ist beeindruckt von diesen Fragen, zeigen sie ihm doch, wie schnell sich Walters Bewusstsein weiterentwickelt und in neue Dimensionen vordringt. »*Das sind gute Fragen, mein Lieber, wollen wir mal sehen, ob ich auch gute Antworten darauf habe. Wie immer ist es am besten, zum Anfang zu gehen. Als die Lichtkinder sich aufmachten, sich in die niederen Sphären zu begeben, verließen sie die Einheit der himmlischen Bereiche. Und das hatte Folgen. In der Bibel wird dieses Weggehen als die Geschichte von Adam und Eva erzählt und davon, dass dadurch der männlichen Schöpfung zur Ergänzung eine weibliche gegenübergestellt wurde. Der Geist blieb auf der Kausalebene und projizierte ein begrenztes Abbild von sich auf diese höchste Astralebene, die ihr Paradies nennt. Tatsächlich ist jede weitere Schöpfung nach dem Urknall dual und hat somit zwei Seiten. Im Kosmos steht also, wie eure Wissenschaft erst seit kurzem weiß, der bekannten positiven Materie ein negatives Gegenstück, die sogenannte dunkle Materie, diametral gegenüber. Als diametral werden in der Mathematik zwei Punkte auf einem Kreis oder einer Kugeloberfläche bezeichnet, welche Antipoden sind. Einige Wissenschaftler und Esoteriker sprechen von Parallelwelten und davon, dass wir dort das Leben führen, was wir hier verworfen und nicht gewählt haben. Dass wir sozusagen dort das leben, was wir hier unseren Schatten nennen und somit in einer anderen Dimension einen Doppelgänger hätten. Botschaften, die ihr von euren Geistführern erhaltet, sprechen von Zwillings- oder Dualseelen, die meistens getrennte Wege gehen. Wenn es also einen Hanael hier und sein Gegenstück dort gibt, so vereinigen sich doch beide schließlich wieder nach Rückkehr in die Einheit. Also könnte die Elisabeth, die in diesem Kosmos lebte, einerseits zurzeit als lebendige, aber unbewusste Erinnerung in diesem Jungen existieren und gleichzeitig in ihrem Gegenstück in einer Parallelwelt.«*

Walter raucht der Schädel und er hat einige Schwierigkeiten, den Gedanken Hanaels so schnell zu folgen. Ist Elisabeth damit hier noch konkret am Leben oder nur ein Datenblock von vielen auf der Festplatte des Geistwesens, das sich jetzt gerade als dieser indische Junge verkörpert? Was überhaupt ist Leben und was macht es zwingend aus? Was geschieht mit mir, als Walter, wenn sich mein Geist zu einer neuen Inkarnation entschließt. Löse ich mich dann hier auf, verschwinde ich hier? Hanael nimmt die Verunsicherung seines Schülers wahr und nimmt deshalb seine Erklärungen wieder auf. *»Das Geheimnis ist, dass beides zutrifft. Also noch einmal: Elisabeth existiert einerseits als Teil der Erinnerung und Persönlichkeitsstruktur dieses Jungen bis zu ihrem damaligen Tod und andererseits als eigenständiges Wesen in einer Parallelwelt, das sich ständig weiterentwickelt. Eine Geistschöpfung ist ewig. Einmal erschaffen wird ihr individueller und dynamischer Ausdruck so lange bestehen bleiben, bis sie am Ende ihres Weges wieder in die letzte und endgültige Einheit mit Gott eingeht. Der Tropfen ist ins Meer zurückgekehrt und als solcher nicht mehr existent, sondern untrennbarer Teil des Gott-Ganzen in seinem Urzustand. Und das gilt dann sowohl für den Hanael hier wie den Hanael dort. Wie alles andere, sind auch wir dann wieder in Gott vereint. Und um auf deine anfängliche Frage zurückzukommen:*

Das Leben ist ein heiliges Mysterium und wird von uns Geschöpfen in seiner Tiefe erst dann wieder erfasst werden können, wenn wir am Ende des Weges ins Christus-, Buddha- oder Einheitsbewusstsein zurückgekehrt sind. Also lautet die Antwort, Geduld, mein Lieber, du wirst es irgendwann wissen.« Walter ist vorerst zufrieden, aber eine Frage, die ihn sehr beschäftigt, will er zum Schluss ihres Treffens noch beantwortet haben. *»Meine Frau Sabine fürchtete sich als gute Katholikin zu meinen Lebzeiten vor dem, was die Priester in ihrer Kirche als das Jüngste Gericht bezeichneten. Wie die Bibel in der Apostelgeschichte, die sie mir damals vorlas, sagt, hat Gott angeblich >einen Tag festgesetzt, an dem er die bewohnte Erde richten will<. Was ist davon und dem befürchteten Fegefeuer zu halten?«*

Hanael schickt ihm als Antwort die folgenden Gedanken. *»Das ist auch so ein Beispiel für die Verdrehung und Falschinterpretation bezüglich real existierender Fakten. Ja, es gibt einen Zeitpunkt, zu dem es eine Sichtung und Auslese des verkörperten Bewusstseins geben wird. Das Jüngste Gericht steht aber eigentlich für einen Prozess, den jeder Mensch nach seinem Tod auf Erden durchlaufen muss. Und insofern findet es ständig statt. Nach dem Ableben muss sich jeder Verstorbene im Licht seines eigenen göttlichen Höheren Selbst einem Prozess der Selbstreflektion und Selbstanalyse unterziehen. Vor seinem inneren Auge läuft von der Geburt bis zum Tod sein ganzes Leben wie im Zeitraffer ab. Seine Höhen und Tiefen und insbesondere die Momente, wo der Verstorbene lieblos gehandelt und andere verletzt und geschädigt hat. Das Besondere dabei ist, dass er nicht nur die eigenen, sondern auch die Gefühle des Verletzten nachempfinden muss und so vollumfänglich die Konsequenz aus seinem damaligen Handeln erfährt. Nichts lässt sich verdrängen oder leugnen, alles kommt ans Licht. Das ist natürlich sehr unangenehm und führt bei dem Betreffenden zu entsprechend tiefer Scham und Reue und dem Bedürfnis, das wiedergutzumachen. Und daraus erwachsen die Themen, Absprachen und Lebensrollen, die Eingang in den Plan finden, den die betreffende Seele vor einer ihrer nächsten Inkarnationen macht. Und deshalb wurde gesagt, dass niemand zufällig in eurem Leben auftaucht. Daher ist das, was euch in seinem Verlauf begegnet, oft eine Form der Wiedergutmachung. Und so ist das heute behinderte und*

100

in lieblose Einrichtungen abgeschobene Kind die ehemalige Mutter, die als Alkoholikerin ihre Kinder eines früheren Lebens verwahrlosen ließ. Nun muss diese Seele die Konsequenzen aus dem damals fehlenden Mitgefühl und der mangelnden Fürsorge leidvoll am eigenen Leib erfahren. Sie muss sich ihren früheren Verfehlungen stellen und ihr Karma erlösen. Und so ist die Mutter des behinderten Kindes eines seiner früheren Opfer, das nun selbst nicht gewillt ist, sich um ihr Kind zu kümmern.

Ähnliches gilt aber auch für die Institution der katholischen Kirche. Bereits ihre Entstehung fußt auf Lügen, die nicht wahrer werden, weil sie in der Bibel, einem von Menschen verfassten Buch, stehen. Jesus war so wenig wie Buddha ein Religionsgründer. Auch hat er niemand autorisiert, eine Institution zu gründen. Seine Jünger sollten nur seine Botschaften weitertragen. Und so prüfte er die Motivation von Petrus, indem er ihm drei Mal die Frage stellte, ob er ihn liebe, und beauftragte ihn dann mit dem Weiden seiner Schafe. Sehr weit her war es dann nicht mit dessen Liebe, da er Jesus aus Angst bald darauf drei Mal verleugnete. Die Priester und Gemeindeältesten sahen dann die Notwendigkeit, Jesu Werk und seine Lehren auf diese institutionelle Art am Leben zu erhalten, und es entstand das Papsttum und sein Nachfolgeanspruch. Was folgte, waren Päpste, die sich zwar in der Nachfolge Christi und als seine Stellvertreter auf Erden sahen, tatsächlich aber das Gegenteil dessen taten, was er gepredigt und gelehrt hat. Er hatte die Liebe und die Vergebung gepredigt, sie führten Kriege, ließen töten und brandschatzen und sammelten weltliche Schätze an. Sie predigten ihren Schäfchen die Keuschheit und inszenierten im Vatikan selbst Orgien. Sie predigten Wasser und soffen selbst Wein. Denk nur an den Borgia-Papst Alexander VI. Er war rücksichtslos, korrupt, gewalttätig und intrigant. Aber am schlimmsten ist, dass diese Kirche so viele Lügen über ihren Auftrag verbreitet hat, wovon die Sündenbefreiung durch Geldzahlungen mit die schlimmste war. Und selbst noch zu deinen Lebzeiten hast du in den Nachrichten lesen und hören können, dass Tausende ihrer Priester sich weltweit an unschuldigen Kindern vergangen hatten, ohne dafür zur Verantwortung gezogen worden zu sein. Sie machten einfach weiter so und das mit Duldung und Vertuschung durch die Kirchenführung. Wenn man also bei der Katho-

lischen Kirche sich die Nachfolge anmaßt, stellt sich die Frage, wem sie durch ihr Verhalten folgt? Jesus oder Satan? Als Konsequenz wird sie im Rahmen der kommenden Ereignisse auf Erden in die Bedeutungslosigkeit fallen und ihre sündigen Priester werden sich im Rahmen ihres persönlichen Jüngsten Gerichts für ihre gotteslästerlichen Taten zu verantworten haben.«

Die Qual der Wahl

Wieder in sein Refugium zurückgekehrt, grübelt Walter weiter über das Gehörte nach und kommt dabei zu dem Ergebnis, dass in seinem vergangenen Leben doch von freier Wahl selten die Rede sein konnte. Er hatte sich bewusst weder die Familie ausgesucht, in die er hineingeboren wurde, noch sein Geschlecht, das von seinen Genen festgelegt worden war, die er von Vater und Mutter geerbt hatte. Dass sein Leben in einer Zeit verlaufen war, die in Deutschland frei von Not, Elend und von Kriegen war, empfand er als Gnade, aber nicht als das Ergebnis seiner freien Wahl. Doch dann wird Walter bewusst, dass er als verkörperter Mensch vieles nicht gewählt, aber doch als freies Geistwesen geplant hatte. Dass er als Mensch auf Erden wie ein Schauspieler an ein Theater berufen wurde, das er nicht gebaut hat, mit Kollegen ein Stück aufführen muss, das er weder erdacht noch getextet hat, und manchmal mit Dingen konfrontiert worden war, die er freiwillig nie gewählt hätte. Worin bestand also im Wesentlichen als verkörpertes Ich seine freie Wahl? Und es wird ihm klar, dass er zwar im Jenseits geplante Fakten, mit denen er danach im irdischen Leben konfrontiert wurde, nicht ändern konnte, aber die Wahl hatte, wie er sich ihnen stellt, wie und mit welcher inneren Einstellung er das Stück auf die Bühne brachte. Ob er sein Leben annahm oder verwarf, oder es sogar vorzeitig beendete. Wenn er sich also nicht nur als verkörperter Mensch und wie ein Dia sieht, das ohne eigenes Zutun willkürlich auf eine beliebige Leinwand geworfen wird, sondern erkennt, dass er auch der Projektor und damit der Verursacher ist, und nur dieses Wesen in seiner Ganzheit die absolut freie Wahl genießt, sieht die Sache schon anders aus. An diesem Punkt in seinen Überlegungen angekommen, fühlt Walter so etwas wie Befreiung. Er sieht sich nicht mehr nur als Opfer, sondern erkennt jetzt auch den Täter in sich und versteht, dass sein

Fehler darin bestand, dass er nur ein Teil und nicht das Ganze gesehen hat und deshalb zu falschen Schlussfolgerungen und daher zu unberechtigten Gefühlen gekommen war. Und jetzt erst versteht er das Wesen des Karmas. Dass es dafür sorgt, dass die freie Wahl des planenden Geistes nicht von der verkörperten Rollenpersönlichkeit, die sich ihrer wahren Natur und den Hintergründen ihrer Existenz gar nicht bewusst ist, aus falschen Gründen konterkariert und unterlaufen wird. Niemand würde aus seiner begrenzten Sicht heraus die scheinbar negativen Forderungen des Schicksals akzeptieren, wenn ihn das Karma nicht dazu zwingen und somit übergeordnet dafür sorgen würde, dass seine Seele erst dadurch in den Ausgleich und ins Gleichgewicht kommt. Glücklich und zufrieden über diese neuen Erkenntnisse versenkt sich Walter in eine Meditation, um seine rotierenden Gedanken und drängenden Gefühle endlich zur Ruhe kommen zu lassen.

Auf Erden haben sich Sabine und die Zwillinge inzwischen vom Schock der überraschenden Begegnung mit Walter erholt. Besonders in Sabines Seele ist vieles in Bewegung gekommen. Laura und Verena haben noch nicht die Reife, den vollen Umfang und die sich daraus ergebende Konsequenz, dieses Geschehens ganz erfassen zu können. Aber in ihrer Mutter kämpfen traditionelle und lange unkritisch übernommene Glaubensinhalte und Gebote gegen die sich anbahnende Erkenntnis, dass sie ihre Position in einigen Lebensbereichen dringend überprüfen und gegebenenfalls ändern muss. Es ist nun ein Jahr her, dass Walter gegangen ist, das Leben ging weiter und Sabine stellt sich die Frage, wie sie es weiterführen will. Die Natur fordert ihr Recht und so ist sich Sabine bewusst, dass sie mit Mitte vierzig eine Frau in den besten Jahren ist und sich nach männlicher Zuwendung und Geborgenheit sehnt. Walter und sie hatten eine glückliche und sinnliche Zweisamkeit gepflegt und das Leben aus vollen Zügen genossen. Wenn sie jetzt nachts allein im Bett liegt, wandert ihre Hand immer noch oft auf die andere Seite, um dann traurig und resigniert zurückgezogen zu werden. In ihren Träumen taucht Walter noch oft auf, aber zu ihrer unangenehmen Überraschung hat sie kürzlich zum ersten Mal von einer sie irritierenden erotischen Begegnung mit einem fremden Mann geträumt. Sie konnte sich beim Aufwachen zwar an kein Gesicht erinnern, aber das warme Gefühl einer liebevollen und sinnlichen Umarmung war ihr deutlich in Erinnerung geblieben. Walter auf diese ungewöhnliche und überraschende Art und Weise wieder zu begegnen, hat alte Gefühle neu belebt, aber auch gleichzeitig Scham und Schuldgefühle über ihre neu aufflammenden sexuellen Bedürfnisse geweckt, die naturgemäß nur in einer neuen Beziehung gelebt werden könnten. Sabine beschließt, dieses Thema jetzt zuerst einmal aus ihren Gedanken zu verbannen und sich ganz auf ihre Familie zu konzentrieren. Alles andere würde sich finden.

Am Wochenende machen die unzertrennlichen Zwillinge mit einigen Freundinnen einen gemeinsamen Ausflug nach Idar-Oberstein, das deutsche Edelsteinzentrum, wo Laura, die ihre Lehre als Goldschmiedin in Davids Juweliergeschäft vor ein paar Wochen begonnen hat, sich mehr Wissen über Edel- und Halbedelsteine aneignen will. Die ersten Tage im Atelier ihres Bruders haben ihr Interesse für Schmuck und seine Herstellung noch sehr gesteigert und sie fühlt sich im Kreis der Mitarbeiter akzeptiert und gut aufgehoben. Auf der Rückreise lenkt Verena den von Sabine ausgeliehenen ehemaligen großen Audi ihres Vaters auf einen Rastplatz, um allen Insassinnen die Möglichkeit eines Toilettengangs zu geben und um sich ein wenig die Beine zu vertreten. Als sie zurück zum Wagen will, rutscht sie auf dem Betonweg aus und will sich mit der Hand auffangen. Ein starker Schmerz durchzuckt sie und auf ihr Schreien hin kommen ihre Schwester und die Freundinnen aufgeregt angelaufen, um Verena wieder auf die Beine zu helfen. Ihr ganzer linker Arm ist wie gelähmt und der pochende Schmerz lässt keinen Zweifel daran, dass er im unteren Bereich gebrochen ist. Die jungen Frauen packen Verena vorsichtig auf den Beifahrersitz, Laura übernimmt das Steuer und fährt die vor Schmerz Stöhnende schnell in das nächstgelegene

Krankenhaus. Dort bestätigt ein Röntgenbild Verenas Selbstdiagnose und zeigt einen sauberen Bruch der Unterarmspeiche. Der sie behandelnde Oberarzt in der Unfallstation erklärt ihr, dass eine Radiusfraktur häufig entsteht, wenn man versucht, sich bei einem Sturz mit der Hand abzufangen. Meistens bricht die Speiche, Radius genannt, nahe am Handgelenk. Diese sogenannte distale Radiusfraktur sei die häufigste Fraktur des Menschen überhaupt. Das tröstet Verena zwar wenig, aber nachdem eine Spritze ihren Schmerz etwas gelindert hat und ihr ein schützender Unterarmgips angelegt wurde, drängt sie die anderen dazu, jetzt möglichst schnell nach Haus zu fahren, damit sie sich ins Bett legen und von diesem Schock erholen kann. Als Laura den Wagen zu Hause in die Garageneinfahrt lenkt, wartet Sabine, die Verena von unterwegs mit dem Handy angerufen und schon über das Geschehen informiert hat, bereits vor der Haustür, um ihre Tochter behutsam ins Haus zu führen. Dort lagert sie Verena zuerst einmal auf der Couch im Wohnzimmer. *»Ich habe David angerufen, damit er gleich kommt und sich als Heiler um deinen Arm kümmert.«* Diese Ankündigung ihrer Mutter beruhigt das Unfallopfer etwas und sie lässt sich von Mutter und Schwester eine Decke und etwas zu trinken bringen.

Zum Geschäftsschluss am selben Tag kommt David dann vorbei, lässt sich berichten, wie der Unfall geschah, was der Arzt gesagt hat, und beginnt dann mit seiner Behandlung. Zuerst überprüft er Verenas sieben Hauptchakren entlang der Wirbelsäule und stellt fest, dass nur das Solarplexus-Zentrum im Oberbauch blockiert ist. Er erklärt kurz, dass das auf eine Betroffenheit des Ichs hinweist, was wahrscheinlich durch den Sturz, den dadurch entstandenen Schock und die Schmerzen verursacht wurde. Anschließend öffnet er diesen elektromagnetischen Wirbel durch rechtsdrehende Bewegungen seiner rechten Hand. Neben ihr, auf einem Klavierstuhl sitzend, legt er dann seine rechte Hand auf Verenas linke Schulter und mit seiner linken Hand ergreift er sanft die aus dem Gips ragenden Fingerspitzen. Verena spürt zuerst kurz eine Verschlimmerung der Schmerzen, die danach aber schnell gänzlich abklingen. Ein warmer Strom fließt durch Verenas Arm. Sie berichtet erfreut ihrer Mutter und Laura, die neben David stehen, von ihren starken Empfindungen und dass sie eine deutliche Verbesserung fühlt. Am erstaunlichsten findet sie allerdings, dass sie ihres Bruders Energie, als David seine Hände auf den Verband am Unterarm legt, durch den Gips hindurch genauso deutlich wahrnimmt.

David kommt in den nächsten Tagen noch dreimal, um Verena zu behandeln. Dann sind ein Gipswechsel und ein weiteres Durchleuchten zur Überprüfung bei ihrer Hausärztin angesagt. Als diese das neue Röntgenbild an einer Lichtwand begutachtet, stutzt sie, vergleicht es dann mehrfach mit dem von Verena aus dem Krankenhaus mitgebrachten Bild und meint dann, dass die Patientin wohl ein unglaublich gutes Heilungsvermögen hätte, da vom Bruch nichts mehr zu sehen sei. Als sie und Sabine die Praxis verlassen, trägt Verena nur noch eine Schlinge um den Hals, die den Arm noch eine Zeit lang vor Überbelastung schützen soll. Beide sind sprachlos und Sabine erinnert Verena daran, dass ihr einfacher Beinbruch in der Kindheit wochenlange Behandlung brauchte, bis sie das Bein damals wieder ohne Einschränkung belasten und nutzen konnte. Noch im Auto ruft Verena David an und berichtet aufgeregt und dankbar vom erstaunlichen Ergebnis ihres Arztbesuches. David erklärt ihr dann, dass das daher kommt, dass seine Energie die Knochenzellen ihres Armes sich schneller teilen lässt und die Bruchkanten des Knochens dadurch beschleunigt zusammenwachsen. Die Wirkung elektromagnetischer Strahlen auf die Teilungsrate lebendiger Zellen sei von der Wissenschaft schon vor Jahren im Labor nachgewiesen worden. Das Ganze sei also kein Wunder, sondern ein natürlicher und gesetzmäßiger Prozess. Davids sachliche und nüchterne Begründung ändert aber nichts daran, dass Verena inzwischen ihren Bruder seit seinem überraschenden Auftauchen nach dem Tod ihres Vaters wie ein Filmstar bewundert und vergöttert, und Sabine beobachtet, dass er für ihre Tochter ein wenig zum Vaterersatz wurde.

David selbst ist sehr dankbar für die Gelegenheit, sich wieder einmal als Heiler betätigen und beweisen zu können, und darüber, dass er offensichtlich nichts von seinen Fähigkeiten verloren hat. Er würde das gern öfter machen und er hat schon überlegt, ob er die Führung seines Geschäftes nicht mit einem angestellten Geschäftsführer teilen sollte, um mehr Zeit und Muse für seine spirituellen Interessen zu haben. Plötzlich kommt ihm Sabine in den Sinn, die ihm vor einiger Zeit erzählt hatte, dass sie bis zur Geburt der Zwillinge Geschäftsführerin eines gutgehenden Modegeschäfts gewesen sei und es sehr bedauert habe, ihren Beruf aufgeben zu müssen. David rechnet schnell nach und stellt fest, dass das ungefähr 19 Jahre her sein muss. Die Entwicklung in der Unternehmensführung und besonders in der Computer gestützten Steuerung der Arbeitsabläufe und der Buchhaltung hat in dieser Zeit zwar rasante Fortschritte gemacht, von denen Sabine sicherlich keine Ahnung hat, aber das wäre für David kein Handicap, da das seine Domäne bliebe und die gestandene Frau nur die Personalüberwachung und die Kundenbetreuung federführend übernehmen könnte. Und dazu gehört in erster Linie Menschenkenntnis und ein sicheres Auftreten. Und beides hat er an Sabine schon bewundert. Schnell entschlossen ruft er seine Stiefmutter an und will sich zum Abendessen ankündigen, weil er etwas mit ihr besprechen wolle. Doch Laura ist am Apparat und teilt ihm mit, dass Sabine gerade im Garten dabei wäre, Rasen und Terrasse vom Herbstlaub zu befreien, dass sie aber Davids Wunsch gern weiterleiten würde und dass er, wenn er nichts Gegenteiliges mehr von ihnen hören würde, gern kommen könne. Und so kommt es an diesem Abend zu einem intensiven Dialog zwischen den Frauen und ihm.

Für Sabine kommt Davids Angebot sehr überraschend und unverhofft, sie fühlt sich leicht überrumpelt und so ist ihre erste Reaktion der Zweifel, ob sie das wohl schaffen könne. Die Zwillinge bestürmen sie und sprechen ihr Mut zu, haben sie doch beide den Eindruck, dass ihre Mutter eine sinnvolle Beschäftigung braucht, um wieder wie früher am Leben teilzunehmen. Den Ausschlag gibt schließlich Davids Bemerkung, dass sie als frühere Modespezialistin mit der neuen Aufgabe doch in einem artverwandten Metier tätig sein würde, da modische und elegante Kleidung schließlich durch Schmuck und Juwelen in ihrer Wirkung verstärkt würden. Außerdem, so rechtfertigt sie ihre Entscheidung vor sich selbst, sind die Kinder jetzt mit Beginn ihres Berufslebens meistens außer Haus, brauchen sie nicht mehr und sie allein in dem großen Haus fühlt sich seit dem Tod ihres Mannes ohne richtige Aufgabe, leer und überflüssig. Und so vereinbart sie mit David, dass sie noch vor Beginn der heißen Phase des Weihnachtsgeschäfts ihn in ihrer neuen Position als zweite Geschäftsführerin unterstützen wird. David umarmt sie und signalisiert ihr, dass er sich auf ihre Zusammenarbeit freut und sicher ist, dass sie beide großen Nutzen daraus ziehen werden.

David hatte bei seiner Idee, die Führung seines Geschäfts zu teilen, noch einen anderen geheimen Gedanken. Einerseits würde es ihm erlauben, seinen spirituellen Neigungen mehr nachzugehen und andererseits hätte er endlich mehr Zeit für ein Privatleben, das seit dem Tod seiner Mutter und seiner Geschäftsübernahme brachlag. In der Regel zehn tägliche Arbeitsstunden, die ständigen Reisen nach Mainz und Wiesbaden in die Filialen und die zeitaufwendigen Flüge zu den ausländischen Zulieferanten als sein eigener Einkäufer kosteten seine ganze Kraft und Aufmerksamkeit und ließen keinen Raum mehr für anderes. Den neuen Freiraum hätte er auch gern dafür genutzt, einer sich möglicherweise anbahnenden Beziehung mehr Leben einzuhauchen und größere Chancen zu geben. Schon länger hat er gespürt, dass zwischen Angelika Forstman, der Psychologin, und ihm etwas Neues und Aufregendes, eine sinnliche Anziehung entstanden ist, die sie auch zu spüren scheint, denn ihr Verhalten ihm gegenüber hatte sich in den letzten Wochen spürbar verändert. Ihre Blicke suchten ihn bei ihren Treffen jetzt öfter, es gab spontane Berührungen und Gesten, die den Wunsch nach mehr Nähe signalisierten, und so war es nicht überraschend und für David nur eine Bestätigung, dass bei der Verabschiedung am Abend ihrer letzten

Gruppensitzung Angelika ihn spontan umarmte und zärtlich auf beide Wangen küsste. Und zum ersten Mal verabredete er mit ihr ein privates Treffen außerhalb ihrer Praxisräume in seinem Lieblingslokal in der Altstadt. An ihrem freudigen Einverständnis merkt er, dass er bei ihr tatsächlich offene Türen einrennt und der Abend vielleicht intimer enden wird, als er es sich ursprünglich vorgestellt hat.

Beinahe wäre das Treffen gescheitert, da der erste Herbststurm des Jahres starke Niederschläge brachte, die im Heimatort von Angelika Forstman zu Überflutungen und Erdrutschen führten. Gott sei Dank war ihr höher gelegenes Wohnviertel davon weniger tangiert und so machte sich David, nachdem er sich vorher telefonisch nach dem Befinden von Angelika erkundigt hat, auf den Weg, um sie abzuholen. Es wurde ein sehr schöner Abend, voller Harmonie und Fröhlichkeit, und jeder Außenstehende konnte bemerken, dass Amor seine Pfeile, je später der Abend wurde, umso heftiger fliegen ließ. Arm in Arm verließen sie kurz vor Mitternacht das Restaurant, und David war innerlich schon sehr aufgeregt und gespannt, ob es zu der erhofften ersten Liebesnacht kommen würde. Es kam dazu, und als beide sich vom ersten Lust- und Liebestaumel erholt hatten und nach einer kurzen Nacht aneinander gekuschelt auf der Bank in der Küche beim Frühstück saßen, war beiden klar, dass dieses tiefe und berauschende Erlebnis der Beginn von etwas Wunderbarem sein würde.

Als sich die Familie beim nächsten Mal in Sabines Haus zum esoterischen Austausch trifft, ist zu Davids Überraschung Rüdiger Korte dabei. Die Hausherrin hat den alleinstehenden Oberstaatsanwalt und einen der ältesten Freunde von ihr und Walter eingeladen, da er ihr gegenüber mehrfach Interesse bekundet hat, daran teilzunehmen. Nach der Begrüßung fragt David ihn, wie es um seinen Fall der multiplen jungen Frau steht, und Rüdiger Korte erzählt ihm, dass Anklage erhoben sei und der Prozess noch in diesem Jahr beginnen würde. Und er bedankt sich noch einmal bei David, dass er ihm von dem ähnlichen Fall rund um die Wewelsburg berichtet habe. Somit sei er gewarnt und nicht überrascht gewesen, als plötzlich von allen Seiten versucht wurde, auch auf seinen Fall Einfluss zu nehmen, und ihm geraten wurde, ihn einzustellen, da er nicht gut für seine Karriere sei und der Prozess doch sowieso wegen der psychischen Erkrankung der Angeklagten keine Chance hätte, zu einem erfolgreichen Ende und zu einer Verurteilung zu kommen. Die ermittelnden Beamten wären inzwischen auf Spuren gestoßen, die auf eine ähnliche Gruppierung gesellschaftlich hochstehender Personen hinweisen würden, die sich unter dem Deckmantel einer sozialen Stiftung in einer großen alten Frankfurter Villa regelmäßig treffen würden. Unbewiesenen Gerüchten zu Folge fänden dort in den Kellerräumen geheime Ordenstreffen einer verbotenen Bruderschaft statt, die auch enge Verbindungen zur rechten Szene hätte und angeblich vom Sohn eines ehemaligen SS-Generals geleitet würden. Darüber hinaus gäbe es Hinweise auf Verbindungen und Verknüpfungen mit ehemaligen hochrangigen Beamten des ostdeutschen Staatssicherheitsdienstes, die nach dem Zusammenbruch der DDR wahrscheinlich, aber leider auch nicht bewiesen, für das mysteriöse Verschwinden großer Devisenbestände in dreistelliger Millionenhöhe verantwortlich seien. Am Ende dieser Treffen würden immer aus dem Milieu ein Dutzend Prostituierte der teuersten Preisklasse herbeigekarrt und später in dunklen und verhangenen Limousinen wieder weggebracht. Diese Gemengelage von dubiosem Geldadel, Politik, Geheimdiensten und stadtbekannten Größen aus dem Rotlichtviertel sei es, die ihm als Oberstaatsanwalt Sorge bereite, weil es fast unmöglich sei, an diese Leute heranzukommen. Alle diesbezüglichen Versuche seines Amtsvorgängers seien schon gescheitert und schließlich durch seine Versetzung ins Justizministerium unterbunden worden.

Sabine hört zum ersten Mal von dem Fall dieser kranken Frau und ihrem Schicksal und ist empört, dass man solche dunklen Elemente der Gesellschaft nicht zu fassen kriegen soll und sie ungestraft ihre Verbrechen begehen können. Und Rüdiger Korte berichtet weiter, dass einer seiner wichtigsten Informanten aus dem Umfeld dieser Gruppe plötzlich verschwunden sei. Es bestünde der dringende Verdacht, dass er als Verräter ermordet und in einem Säurebad eines Galvanisierungsbetriebes, der einem der mutmaßlichen Gruppenmitglieder gehört, spurlos entsorgt worden sei. Als Rüdiger Korte schließlich mit seinem Bericht endet, meint David, dass aus esoterischer Sicht all diese negativen Entwicklungen in Politik und Gesellschaft doch Indizien für einen Wertewandel in der Gesellschaft wären, der schließlich nur in einem Kollaps enden könnte, wie er schon in der Bibel in der Offenbarung des Johannes angekündigt sei. Wie seinerzeit am Ende der Weimarer Republik würde das alles zuerst zu einem Erstarken der Rechten führen. Und leider könnte man diese Entwicklung auch in fast allen Ländern der EU und darüber hinaus beobachten. Der neu gewählte brasilianische Präsident, Rechtspopulist, Anhänger der Militärdiktatur, Feind der Frauen und Verächter gleichgeschlechtlicher Lebensformen sei doch ein eindeutiges Beispiel und lebendiger Beweis für diese besorgniserregende Entwicklung. Da das Thema alle Anwesenden erregt und mitgenommen hat, schlägt David vor, durch eine gemeinsame Meditation wieder zurück in die Ruhe und die Gelassenheit zu kommen, und so schließen alle die Augen, beginnen tief ein und aus zu atmen und dann leise das Mantra OM wiederholt zu singen. Rüdiger Korte ist zuerst überrascht, stimmt dann doch mit ein und spürt bald die heilsame Wirkung dieses Gesangs und wie er sich beruhigend auf das Gemüt auswirkt.

Da heute Rüdiger Korte dabei ist, wählt David für seinen Vortrag ein Thema, das von allgemeinem Interesse ist. »>*Krankheit als Weg‹ ist der Titel eines bekannten Sachbuchs, das nach seinem ersten Erscheinen bereits in den 80er-Jahren des letzten Jahrhunderts nicht nur in esoterischen Kreisen für Furore sorgte. Der Psychologe Thorwald Dethlefsen und der Mediziner Ruediger Dahlke vermitteln in diesem bahnbrechenden Werk eine Alternative zur Schulmedizin und wecken ein tieferes Verständnis von Krankheit. Die Autoren zeigen, dass alle psychischen und physischen Leiden letztendlich wertvolle Botschaften der Seele sind. Und so weiß ich als aus-*

gebildeter Heiler, dass jede Erkrankung, vom Fußpilz bis zum Hirntumor, etwas über die Person des Erkrankten und sein aktuelles Problem aussagt. In der Biologie und der Medizin sprechen wir von der körperlichen Anatomie des Menschen. Es gibt aber auch eine seelische Anatomie. Sie erklärt uns die seelische Bedeutung der einzelnen Organe des Körpers. Das betreffende Organ steht dabei bei jedem Menschen für den gleichen seelischen Bereich, die jeweilige Krankheit am Organ unterliegt einer Bedeutungshierarchie, das heißt, je schwerer das Krankheitsbild umso schwerer ist der verursachende seelische Konflikt. Dazu ein Beispiel:

Jeder von uns hat es schon mal am Magen gehabt. >Es schlägt mir auf den Magen<, sagt der Volksmund und meint damit, dass der Betreffende etwas erlebt hat, das ihn belastet, gestresst und geängstigt hat und sich nun über die Magenbeschwerden zeigt und ihm dadurch oft erst bewusst wird. Der Magen spiegelt also die Ängste unseres Ichs. Ein wenig Stress und Angst und ich habe Sodbrennen. Wenn ich ständig unter Stress und Ängsten leide, habe ich vielleicht Gastritis, eine chronische Magenschleimhautentzündung. Wenn der Stress und die Angst so groß werden, dass sie mein Denken und Fühlen gänzlich beherrschen und ich somit einen subjektiv unlösbaren seelischen Konflikt habe, kann das zu Magenkrebs führen. Welches Erleben führt nun dazu, dass wir über den Magen so heftig körperlich reagieren? Grundsätzlich alles, was unser Ich tangiert. Zum Beispiel das Trauma eines Überfalls, Mobbing im Büro, oder der Verlust des Arbeitsplatzes, oder Partnerprobleme. Aber wie kommt es, dass nicht jeder, der eine der geschilderten negativen Erfahrungen gemacht hat, dadurch auch krank wurde? Das liegt an der unterschiedlich starken und widerstandsfähigen Psychostruktur. Das gleiche Erleben, das den einen kaum berührt, den Zweiten krank macht, kann den Dritten umbringen. Und so ist mein Bestreben als Heiler, besonders bei den schwereren Erkrankungen, die seelische Ursache aufzudecken und durch geeignete Therapien zu erlösen und nicht nur durch das Handauflegen die vordergründig körperliche Symptomatik zu behandeln. Genau das ist es ja, was viele der Schulmedizin vorwerfen, dass sie nur das Symptom behandelt und die tiefere seelische Ursache außer Acht lässt. Die Krankheit, das Signal wird weggedrückt und kommt deshalb, da ja der

seelische Konflikt damit nicht gelöst ist, zeitversetzt später oft wieder. Die
Rückfallpatienten bei Krebs sind dafür ein gutes Beispiel.«

David schweigt und Rüdiger Korte nutzt die Pause, um eine Frage
zu stellen. *»Was zum Beispiel bedeutet es, wenn man, wie mein jüngerer*
Bruder, seit seiner Geburt an Neurodermitis leidet? Und wie findet man bei
einer solchen chronischen Erkrankung die seelische Ursache heraus? Und ist
das reine Bewusstwerden der Ursachen ausreichend, so dass die Krankheit
allein dadurch geheilt wird und die Symptome bleibend verschwinden?«
David freut sich über die aktive Teilnahme ihres Besuchers, überlegt
einen Moment und antwortet dann: *»Das Organ Haut ist die Grenze*
unseres Körpers und spiegelt deshalb alle seelischen Konflikte, die mit der
Wahrung dieser Grenze zu tun haben. In der Dualität ist nun sowohl das
Unvermögen, nein zu sagen, als auch die offen zur Schau getragene Distanz
zu Menschen und ständige Abwehr von Nähe und Kontakt ein Hinweis auf
einen solchen Grenzkonflikt. Auch eine frühere schwere seelische Verletzung
kann dafür sorgen, dass ich mich in Folge abschotte. Im Gegenzug kann ein
dringendes Bedürfnis, geliebt zu werden, mich dazu zwingen, dass ich un-
berechtigte und egoistische Forderungen meines gesellschaftlichen Umfelds
nicht ablehnen kann, da ich dann ja nicht mehr geliebt werde. Die Furcht
davor lässt mich dann faule Kompromisse eingehen oder ich werde schamlos
ausgenutzt. Tief im Innern, auf unbewusster Ebene weiß der Patient, dass
das keine Lösung seines Problems ist, und entwickelt die entsprechenden
Hautsignale. Das können dann beispielsweise in der Pubertät eine starke
Akne, später Ekzeme, Neurodermitis oder Schuppenflechte sein.

Die Erfahrungen als Mensch, die zu Krankheiten führen, können aus dem
aktuellen oder einem früheren Leben stammen. Der Therapeut muss sich
deshalb durch Gespräch und Therapie auf die Suche machen. Kommt man
im therapeutischen Gespräch nicht zu einer einleuchtenden Erklärung, die
die Krankheit begründet, weil sie vielleicht in einem Vorleben verursacht
wurde, greift man zum Mittel der Trance- und Hypnosetherapie. In Trance
wird der Patient in das betreffende Vorleben zurückgeführt, das Trauma
bewusst gemacht und durch geeignete heilsame Suggestionen erlöst. Danach

verschwinden in der Regel die betreffenden Symptome zeitversetzt oder werden zumindest gelindert. Und so empfehle ich ihrem Bruder, lieber Herr Korte, weniger auf Kortison-Salben als auf Bewusstseinsveränderung zu setzen.« David beendet seine Erklärungen und Rüdiger Korte dankt ihm herzlich und verspricht, das Gehörte und Davids Empfehlung an seinen Bruder weiterzugeben.

Zeit und Raum sind relativ

Walter ist im Jenseits auf einen scheinbaren Widerspruch in den ihm erteilten Lehren gestoßen und bittet Hanael um Aufklärung. *»Einerseits höre ich immer von einem Karma, dem Gesetz von Ursache und Wirkung, dass dem Täter- ein Opferleben folgt, und habe selbst als Anwalt Steuersünder verteidigt, deren Taten Jahre zurücklagen. Nun erfahre ich durch euch im selben Atemzug, dass Zeit und Raum relativ seien und im Grunde genommen gar nicht existieren. Wenn dem so ist, wie können wir dann von einem Gestern und einem Morgen reden, wenn alles gleichzeitig ist? Wieso erfahre ich selbst hier die Dinge nacheinander und vertröstest du mich bezüglich meines Weiterkommens auf eine doch angeblich nicht existierende Zukunft?«*

Walter schaut Hanael ratlos und Antwort heischend an und sein Geistführer spürt die Verwirrung und Unsicherheit im Denken und Fühlen seines Schützlings. Hanael erinnert sich an die Zeit, als er selbst solche Fragen stellte, weil ihm die Schöpfung in vielem so widersprüchlich erschien, und geduldig versucht er, seinem Schüler die Hintergründe dieser scheinbar nicht zu vereinbarenden Aussagen zu erklären und das Rätsel zu lösen. *»Du hast jetzt schon mehrfach die Begriffe Einheit und Dualität gehört und dass sie sich gegenseitig scheinbar ausschließen. Im Ursprung bist du ein Ausdruck dieser Einheit und körperlos. Du erfährst, wie sich das anfühlt, und kannst gleichzeitig Wesen auf niederen Ebenen beobachten, die ein Verhalten zeigen, was dir fremd ist, da sie in der Dualität leben. Du möchtest wissen, wie es ist, so zu sein, und die Konsequenz aus diesem Wollen ist das Heraustreten aus dem Zustand der Einheit und die Erfahrung, dass du von nun an Prinzipien wie Raum und Zeit erfährst, die vorher für dich nicht existierten und denen du jetzt scheinbar ausgeliefert bist. Du hast nun eine Seele und einen Körper, die dual und deine Verbindung und deine unverzichtbaren Instrumente für die folgenden gewünschten Erfahrungen sind.*

Dein physischer Körper spiegelt diese Dualität am deutlichsten. Beginnend mit den zwei Hirnhemisphären über die Augen, Ohren, Arme und Beine ist alles zweifach in ihm angelegt. Selbst Einzelorgane wie Herz und Lunge haben einen dualen Ausdruck und deshalb eine linke und rechte Kammer beziehungsweise Flügel. Dualität und Einheit existieren also gleichzeitig, aber auf unterschiedlichen Ebenen in dir. Dein Höheres Selbst existiert in der Einheit, deine Seele und dein Körper sind Kinder der Dualität. Wenn du aus dem Bewusstsein deines Kernwesens sprichst, ist die Einheit für dich Realität und die Dualität der unteren Ebenen und ihre Rahmenbedingungen von Zeit und Raum nur Illusion, also zeitliche begrenzte Schöpfungen ohne wirkliche Realität, die es dir aber erlauben, die grobstoffliche Schöpfung zu erfahren. Als verkörperter Mensch, im Christus- oder Einheitsbewusstsein, bist du dir deshalb gleichzeitig der Einheit und der Dualität in dir bewusst, erlebst die Spaltung der Dualität und die Gleichzeit- und Raumlosigkeit der Einheit quasi vereint in einer Person. Du kannst, scherzhaft formuliert, von nun an auf zwei Hochzeiten tanzen.«

Hanael schweigt und Walter schaut ihn verblüfft an. »*Danke, du wirst es nicht glauben, aber ich habe das jetzt zum ersten Mal wirklich verstanden. Wow, ein tolles Gefühl und ich bin dir sehr dankbar. Überhaupt bist du ein guter Lehrer und ich bin froh, dich an meiner Seite zu haben!*« Hanael schickt ihm gedanklich Bild und Gefühl einer innigen Umarmung und verschwindet dann einfach und zurück bleibt ein Schüler, der am liebsten laut jauchzen würde, sich das aber in dieser Atmosphäre gediegener Gelehrsamkeit nicht traut. Und so wünscht er sich seinen Großvater auf der Bank unter dem alten Baum herbei, um mit jemand seine Freude teilen zu können. Der lässt sich nicht lange bitten und so sitzen beide lange in dieser vertrauten Umgebung und tauschen Erinnerungen an vergangene Zeiten aus. Walter muss innerlich grinsen, als er sich bewusst wird, dass er soeben die Vorteile einer Zeitreise nutzt, die es doch tatsächlich gar nicht gibt, diese Illusion sich aber gerade sehr angenehm anfühlt. Dann versteht er, dass nur das gespaltene Gehirn es ermöglicht, duale Zustände überzeugend zu erfahren. Das Ganze ist zu groß, um es als verkörperter Mensch umfassend zu erfassen und zu verstehen. Also spaltet es das Ganze in seine Teile, schneidet es die Wurst in viele Scheiben, die von uns nun nacheinander gegessen werden, sich aber in ihrer Wirkung in uns wieder als Ganzes zusammenfügen. Das heißt, so versteht Walter es jetzt, dass auf der menschlichen Ebene die Ganzheit sich erst in die Vielheit aufspalten muss, um sich in uns wieder zur Ganzheit zusammenfinden zu können. Und vor seinem inneren Auge sieht er eine Schleife, die wieder in ihren Ursprung zurückkehrt.

Auf Erden entwickeln sich die Dinge überraschend in ungeahnte Richtungen. Nach dem letzten Besuch von Rüdiger Korte kann Sabine sich nicht dagegen wehren, sich ständig an ihn zu erinnern. Viele Jahre war er nur ein guter Freund von Walter und ihr gewesen und sie hat nie den Mann in ihm gesehen. Plötzlich hat sich das geändert und Sabine hat in seiner Anwesenheit Gefühle, die sie sich anfänglich nicht zugestehen will und zu verdrängen versucht. Rüdiger Korte, das sieht Sabine erst jetzt, ist ein attraktiver Mann in seinen besten Jahren und darüber hinaus auch noch an den Themen interessiert, die sie immer mehr beschäftigen. Man kann sich gut mit ihm unterhalten und sein Sexappeal ist unaufdringlich, aber für sie deutlich spürbar. Sie fragt sich, was wohl Walter dazu sagen würde. Und dann erinnert sie sich, dass man aus seiner Botschaft durch das englische Medium heraushören konnte, dass er sie alle beobachtet. Also hat sie sowieso keine Chance, etwas vor ihm zu verbergen. Und trotzig denkt sie dann, dass Walter sie ja auch ungefragt verlassen und deshalb kein Recht mehr hat, eifersüchtig in ihr Leben einzugreifen. Auf die Idee, dass sich Gefühle und Besitzdenken durch den Tod ändern können, kommt sie in diesem Moment nicht. Sie unterstellt einfach, dass Walter dort, wo er gerade ist, noch genauso empfindet und reagiert wie zu Lebzeiten. Als sie beim Abschlussball ihrer Töchter in der Tanzschule damals mit einem anderen Mann tanzte, war er wütend und eifersüchtig geworden und hatte ihr unberechtigt vorgeworfen, mit dem jüngeren Tanzpartner geflirtet zu haben. Sie macht sich auch Gedanken, wie die Zwillinge wohl reagieren, wenn ein neuer Mann in ihr Leben treten würde. Laura und Verena sind schon länger in Beziehungen mit gleichaltrigen Männern und Walter und sie haben immer toleriert und sind davon ausgegangen, dass dabei selbstverständlich auch Sexualität mit im Spiel war. Sie würde sich allerdings keine Sorgen machen, wenn sie wüsste, dass Walter die sich anbahnende Beziehung zwischen ihr und einem seiner besten Freunde längst bemerkt und sich darüber selbstlos gefreut hat. Außerdem war es ihm mit Hilfe von Hanael möglich gewesen, einen Einblick in Sabines Vorleben zu haben. Und so wusste er, dass die beiden schon einmal intim befreundet gewesen waren, aber dass durch den damaligen frühen Tod von ihr noch eine karmische Verbindung besteht.

Walter hat im Jenseits im Moment ganz andere Interessen, als die sich neu anbahnende Liebesbeziehung seiner ehemaligen Frau. Hanael hat ihm angekündigt, dass es so weit sei, dass er in der Hierarchie des Bewusstseins eine Stufe aufsteigen dürfe, und heute soll sozusagen sein Umzug stattfinden. Inzwischen hat er in Erfahrung gebracht, dass er selbst sich nach esoterischem Verständnis auf der Mentalebene befindet, die aus sieben Stufen besteht, und er nun in die 7. kommen soll. Danach würde die Ebene der Lichtwesen beginnen, auf der sein Großvater schon zu Hause ist. Zu seinem anfänglich unangenehmen Erstaunen hat er vernommen, dass die Mentalebene mit einem Transformations- und Übergangsprozess endet, die einem irdischen Tod ähnelt. Aber das hat er wieder schnell aus seinen Gedanken verbannt, gilt es doch jetzt zuerst einmal, diese Klasse zu einem erfolgreichen Abschluss zu bringen.

Äußerlich ändert sich für Walter vorläufig nur, dass er hier das Schulgebäude wechselt. Hanael hat ihm als Schuluniform, wie er es scherzhaft nennt, eine neue Toga mitgebracht, die der ersten ähnlich ist, aber einen leuchtend sonnengelben Saum hat. An diesen wechselnden Farben erkennt man, welcher Klassenstufe der Träger angehört. Zuerst scheint sich also für Walter in seiner Ausbildung nicht viel zu ändern. Die Lehrer haben zwar gewechselt, aber Hanael als sein ständiger Begleiter ist geblieben. Die neue Ausbildungsstätte auf dem Campus gleicht sehr einem Vortragssaal im College von Oxford seinerzeit. Die Gruppe der Auszubildenden ist auf ein Dutzend Personen geschrumpft. Die wenigsten von ihnen kennt Walter. Eines seiner neuen Fächer ist, das Wesen der Dinge in ihrer Tiefe zu erkennen. Der Unterricht beginnt mit, wie der betreffende Lehrer meint, einfachen Übungen. Heute geht es darum, zu verstehen, wie Naturgeister des Mineralreichs auf Erden ihren Dienst verrichten. Danach würden die Schüler das Gleiche bezüglich des Pflanzen- und Tierreichs erfahren. All das wäre die Grundausbildung und Vorbereitung auf die folgende Lichtkörperebene, auch Kausalebene genannt, und ihre dort auf sie wartende Aufgabe als Geistführer von verkörperten menschlichen Wesen auf unterschiedlichen Planeten und Sonnen des Kosmos. Erst jetzt begreift Walter, dass für ihn und die anderen eine Wiederverkörperung auf Erden vorerst in weite Ferne gerückt ist und sie alle die letzten Bindungen an die jeweilige menschliche Existenz bald endgültig loslassen müssen.

Er hat hier einen neuen Freund gefunden, mit dem er bald viel von seiner dürftigen Freizeit verbringt. Wolfgang Lorang war zu seinen Lebzeiten Arzt in Wien gewesen und im gleichen Jahr wie Walter dort an einer Infektion der Atemwege, die er sich bei einem Ausflug in die Tropen zugezogen hatte, schnell gestorben. Wie Walter hatte Wolfgang eine Familie hinterlassen, die sehr unter seinem überraschenden Tod gelitten hat und die er deshalb ständig durch das Schicken guter Gedankenenergie zu trösten und unterstützen sucht. Er war erst Anfang vierzig und seine drei Kinder, an denen er sehr gehangen hat und die alle noch in die Schule gingen, waren sein ganzer Stolz gewesen. Seine Frau war im Kindbett bei der Geburt des letzten Sohnes unerwartet gestorben und seine eigene Mutter hatte versucht, diese schmerzliche Lücke zu stopfen, und war zu ihrem Sohn und ihren Enkeln gezogen. Jetzt kümmert sie sich aufopfernd um seine Kinder, was er – wie Walter – auf seinem eigenen

Bildschirm mitverfolgen kann. Inzwischen verstehen sie beide, dass das, was sie »Bildschirm« nennen die Befähigung ist, ihre Wahrnehmung so zu verlangsamen, dass sie wie bei einem Tunnelblick einen Ausschnitt der physischen Sphäre wahrnehmen können. Während auf Erden die Materie mit halber Lichtgeschwindigkeit schwingt, ist die Eigenschwingung hier wesentlich höher und muss deshalb der Erdschwingung angepasst werden. Eine Eigenart der Ausbildung hier ist auch, dass sie weniger die Fakten und technischen Hintergründe erklärt, sondern die Schüler in die konkrete Erfahrung führt. Sie beherrschen das Betreffende dann einfach, ohne einem Dritten so genau das Wie und Warum erklären zu können. Walter und Wolfgang ist diese Form des Lernens wesentlich sympathischer, weniger kopflastig und mehr vom Empfinden gesteuert.

Ihre erste gemeinsame Unterrichtsstunde beginnt mit einer Demonstration ihres neuen Lehrers. Er erscheint nicht durch die Tür, sondern materialisiert sich vor der Gruppe und schwebt dann langsam zu Boden. Wie beim ersten Erscheinen von Walters Großvater trägt auch er keinen festen, sondern einen Lichtkörper, der durchscheinend und von leuchtenden Energiebahnen durchzogen ist. Besonders die zentrale Energiebahn der Kundalini vom Steiß bis zum Scheitel strahlt in einem hellen Weiß und ist umschlungen von schlangenförmigen Lichtbahnen, die ihre Farbe, je nach Stimmungslage ihres Trägers und wie bei einem irdischen Chamäleon, wechseln können. Ihr neuer Lehrer für dieses Fach ist, wie Walter und Wolfgang es bald empfinden, ein relativ leidenschaftlicher und emotionaler Typ, dessen Farben sich häufig im roten und orangen Bereich bewegen. Beiden wird dadurch bewusst, dass auch ein Träger hohen Bewusstseins noch Gefühle hat und kein Neutrum ist. Ismael, wie sich das neue Lichtwesen vorgestellt hat, lässt nun auf dem Tisch vor jedem Schüler einen Kristall, wie er auf der Erde zu finden ist, in einer Raumblase erscheinen. In dieser Blase herrschen irdische Verhältnisse und das Objekt darin unterliegt den Naturgesetzen. Dadurch können die Schüler hier üben, mit den dortigen Rahmenbedingungen vertraut zu werden, um sie dadurch zu verstehen und beherrschen zu lernen. Genau so, wie es ein Naturgeist im Rahmen seines Dienstes auf Erden es tun muss.

Ismael lädt nun die zwölf ein, sich auf ihr drittes Auge in ihrem Schädel zu konzentrieren, das hier wie auf Erden durch die Zirbeldrüse repräsentiert wird. Sie ist das Portal zwischen der physischen und der geistigen Welt und mit ihrer Hilfe kann man als verkörperter Mensch wie als Geistwesen die jeweils andere Sphäre wahrnehmen. Alle schließen die Augen und schauen nach innen. Ismael fordert sie dann auf, sich jetzt auf den vor ihnen liegenden Kristall einzuschwingen. Walter konzentriert sich angestrengt auf dieses innere Bild des Kristalls und nimmt schließlich nach einer Weile vorne in der Stirn ein punktuelles Glühen wahr, das näher zu kommen scheint und die Form des Minerals annimmt. Nur dass der Kristall jetzt durchscheinend ist und Walter die Gitterstruktur seiner Atome und Moleküle und den Austausch von Energien zwischen ihnen beobachten kann. Fasziniert verfolgt er eine Zeit lang die inneren natürlichen Abläufe und Zustände seines Übungsobjekts. Alles bewegt und dreht sich rasend schnell und Walter erinnert sich bei diesem Anblick sofort an »pantha rhei«, die bekannte Aussage des irdischen Philosophen Heraklit, die sinngemäß übersetzt lautet: alles ist im Fluss und bewegt sich. Nach einer Weile des intensiven Beobachtens ermüdet Walter, das Bild scheint zu verschwimmen und zu verzerren und verschwindet schließlich ganz. Alles ist wieder dunkel in seinem Kopf und Walter öffnet die Augen und sieht beim Rundumblick, dass auch die anderen Schüler wieder im Hier und Jetzt gelandet sind. Das Experiment scheint allen gelungen zu sein und die Freude darüber ist ihnen deutlich ins Gesicht geschrieben.

Wolfgang fragt ihn plötzlich flüsternd, ob er auch seinen Kristall gerochen habe. Walter schaut ihn verblüfft an, aber bevor er antworten kann, kommentiert Ismael die Bemerkung, die er und die anderen natürlich gedanklich erfasst haben, mit den Worten: »*Die innere Schau ist natürlich ganzheitlich, aber beeinflusst von eurem Glauben und vermeintlichen Wissen. Für die meisten von euch ist ein Kristall geruchlos. Wolfgang ist ohne vorgefasste Meinung in diese Erfahrung gegangen und hat sich die Eigenschwingung des Kristalls auch über den Geruchssinn bewusst gemacht. Und so gibt es beispielsweise Menschen, die Farben riechen können. Für manche Menschen ist sehen, riechen und schmecken nicht voneinander zu trennen. Bei Zahlen oder Klängen sehen sie automatisch Farben und Muster. Zurückzuführen ist diese für die meisten Menschen fremde Wahrnehmung auf ein in der irdischen Medizin als Synästhesie bezeichnetes Phänomen. Nicht für jeden von euch sieht die Welt gleich aus. Wenn manche Mozart hören, sehen sie beispielsweise weiße, beige und hellblaue Linien und Kreise, die sich wellenförmig zur Musik bewegen.*« Das war den meisten der zwölf unbekannt und es beginnt ein lebhafter gedanklicher Austausch darüber, was und und auf welche Art und Weise der Einzelne soeben seinen Kristall wahrgenommen hat.

Nach einer Pause geht es im Unterricht weiter und diesmal lässt Ismael in einer neuen Raumblase für jeden seiner Schüler ein Stück glühende und fließende Lava erscheinen. Walter zuckt zuerst zurück, spürt er doch die Hitze, die von diesem neuen Untersuchungsobjekt ausgeht, und er fragt sich, ob ein Versenken in die Struktur der Lava nicht gefährlich ist und er sich verbrennen kann. Aber da empfängt er schon die beruhigenden Gedanken seines Lehrers, der ihn darauf aufmerksam macht, dass er ja nicht körperlich damit in Berührung kommt, und so beginnt sich Walter geistig in das neue Objekt zu versenken. Diesmal kommen die Bilder schon schneller und er erkennt die Unterschiede. Die Struktur dieser Materie ist chaotischer, die Atome und Moleküle sind in ständiger Veränderung und Bewegung und er fragt sich, ob die Hitze das bewirkt oder die Bewegung der Bausteine der Materie die Wärme erst erzeugt. Innerlich hört er die Antwort von Ismael. »*Alle Körper bestehen aus Atomen beziehungsweise Molekülen. Diese befinden sich bei allen Temperaturen oberhalb des absoluten Nullpunktes in ständiger Bewegung. Je schneller die Bewegung ist, umso höher ist die Temperatur des Körpers. Und nun frage ich euch, wie entsteht Lava und wo kommt sie her?«* Und Ismael lässt vor ihrem inneren Auge alle Schüler eine Reise ins Erdinnere machen. Rotglühendes flüssiges Gestein rotiert in der Tiefe um die Erdachse. Riesige Gesteinsmassen reiben sich unter großem Druck aneinander und Gase steigen auf. So hat sich Walter bisher die Hölle vorgestellt. Aber Ismael macht gedanklich allen bewusst, dass das durch Vulkanschlote nach oben gedrückte Magma sich bei Ausbrüchen als Lava über das Land ergießt, dort im Laufe vieler Jahrhunderte verwittert und die Erde dadurch besonders fruchtbar macht. Außerdem sorge diese rotierende glühende Gesteinsmasse des Erdkerns wie bei einem Dynamo für elektromagnetische Energie, die sich schützend um den Erdball lege und die schädigenden hochenergetischen Teilchen des Sonnenwindes abhalten und umleiten würde. Ohne diese Hölle, wie seine Schüler sie nennen, gäbe es keinerlei Leben auf Mutter Erde.

Im letzten Teil des heutigen Unterrichts lässt Ismael seine Schüler einen Blick in die oberen Erdschichten werfen, relativ dicht unter der Oberfläche. Und zum ersten Mal beobachten seine Schüler die Arbeit von Gnomen und Zwergen. Diese kümmern sich zusammen um das Entstehen der Mineralien und das Wurzelwachstum der Pflanzen, verteilen Energie, die aus dem Erdinnern und der Sonne kommt. Sie arbeiten dabei mit Elementarwesen des Pflanzenreichs zusammen, die Ismael ihnen als Elfen vorstellt und die sich um das Pflanzenwachstum und um die Blüten kümmern. Jeder hat seinen Platz und seine Aufgabe und erfüllt seinen speziellen Dienst. Dabei werden sie von höherrangigen Astralwesen beraten und gelenkt. Bevor der Unterricht endet, kündigt ihnen Ismael noch für das nächste Mal Reisen in die Elemente Wasser und Luft an, um auch die dort lebenden Naturgeister und ihre Arbeit kennenzulernen.

Die Auswirkung vergangener Leben

Inzwischen neigt sich auf Erden das Jahr 2018 langsam seinem Ende zu. Laura und Vera haben sich inzwischen an ihre jeweiligen Ausbildungsstätten gewöhnt und fühlen sich wohl. Es war doch eine große Umstellung von einer Schul- zu einer betrieblichen Ausbildung gewesen. Die Arbeit einer Goldschmiedin bereitet Laura viel Freude und ihre Ausbilderin in Davids Juweliergeschäft ist sehr zufrieden mit ihrem Lehrling, der sich lernwillig und aufgeschlossen zeigt und offensichtlich viel kreatives Talent hat. Vera hat in der ehemaligen Kanzlei ihres Vaters für eine Auszubildende sehr viel Freiraum, den sie nutzt, um sich weiterzubilden. Sie hat sich zwischenzeitlich entschlossen, in die Fußstapfen ihres Vaters zu treten und nach der Lehre Jura zu studieren. Sabine ist inzwischen Mitgeschäftsführerin in Davids Geschäft und kommt durch ihre Persönlichkeit und ihr Auftreten bei den Kunden und Angestellten sehr gut an und entlastet David deutlich. Der nutzt den neuen Freiraum, um möglichst viel Zeit mit seiner Geliebten zu verbringen. Angelika Forstman schwebt noch immer im siebten Himmel und muss aufpassen, dass sie darüber nicht ganz ihre Patienten und ihre Praxis vergisst und vernachlässigt. Rüdiger Korte ist etwas traurig, dass Sabine sich so in ihre neue Aufgabe gestürzt hat, dass sie kaum noch Zeit für etwas anderes hat. Und so nutzt er jeden Vortragsabend, den David in ihrem Haus veranstaltet, um wenigstens dann mit seiner Herzdame näher und häufiger in Kontakt zu sein. Inzwischen hat er sich seine Liebe zu Sabine, die er schon lange insgeheim bewunderte, eingestanden und macht auch im Kreis ihrer Familie keinen Hehl mehr daraus. Die Zwillinge waren anfänglich sehr überrascht und erstaunt, dass ihre Mutter Rüdigers Avancen so offen zulassen konnte, freuen sich aber nun mit ihr, dass sie auch diesbezüglich das Leben jetzt wieder genießen kann.

Für Ernst Schöler, den anderen alten Freund von Walter, sieht es dagegen in diesen Tagen nicht so gut aus. Fortwährende Schmerzen im Rücken haben nach einigen klinischen Untersuchungen schließlich zur Diagnose eines linksseitigen Nierentumors geführt, der dringend und möglichst schnell operativ entfernt werden soll. Der an sich vielfach durchgeführte einfache Eingriff wird dadurch problematisch, dass Ernst Schöler seit seiner Geburt ein Bluter ist. Rund 10.000 Menschen in Deutschland leiden an Hämophilie, also an einer schweren Gerinnungsstörung des Blutes. Das Besondere an dieser Blutgerinnungsstörung: Frauen, die das defekte Gen in sich tragen, übertragen den Genfehler mit einer Wahrscheinlichkeit von 50 Prozent an ihre Kinder, aber nur beim männlichen Nachwuchs bricht die Krankheit aus. Die Krankheit beeinträchtigt das Leben der Betroffenen vor allem in jungen Jahren. Und so hatte Ernst Schöler schon früh gelernt, sich regelmäßig prophylaktisch Medikamente zu spritzen und häufig Gast im Krankenhaus zu sein. Jeder Sturz beim Sport, jedes unbeabsichtigte Stoßen konnte zu einer Verletzung führen, die sofort dramatische Auswirkung hatte. Und so ist es verständlich, dass Ernst Schöler von der Aussicht auf eine Operation, trotz beruhigender Informationen durch den Chefarzt der Klinik, nicht sonderlich begeistert ist und nach alternativen Heilmethoden sucht. Und da er von Rüdiger Korte, seinem Freund und Kollegen, schon von den besonderen Fähigkeit des jungen Mannes gehört hat, den er damals auf der Beerdigung von Walter zum ersten Mal kennengelernt hat, vereinbart er mit David einen raschen Termin.

Als David von der aktuellen Diagnose und der schweren Erbkrankheit von Ernst Schöler hört, ist ihm zuerst einmal etwas mulmig zu Mute. In seiner Ausbildung zum Geistheiler wurde damals ja deutlich darauf hingewiesen, dass bei schweren Erkrankungen es sehr wichtig und unverzichtbar ist, die Ursache aufzudecken. Und sein zukünftiger Patient hat gleich zwei lebensbedrohliche Krankheiten auf einmal. Er erläutert Ernst Schöler, dass er bei seiner Behandlung doppelgleisig fahren will. Er, David, wolle sich um die energetische

Seite kümmern, aber die notwendige Bewusstseinsarbeit soll von seiner Lebensgefährtin und ausgebildeten Diplom-Psychologin in Form von Rückführungstherapie gemacht werden. Ernst Schöler, der schon von Angelika Forstman gehört hat, ist sofort einverstanden, will keine Zeit mehr verlieren und dringt auf einen möglichst schnellen Behandlungsbeginn bei beiden Behandlern. David greift zum Telefon und kurz darauf kennt sein und Angelikas Patient seine Behandlungstermine bei beiden. Als ihn der Kranke verlässt, ist es David klar, dass viel auf dem Spiel steht und Ernst Schöler sein erster schwerer Fall sein wird. Aber nach seinen ersten erfolgreichen Behandlungen und unterstützt von Angelika, deren Können er schon bewundern durfte, hat er keine Bedenken mehr und will sein Bestes geben. Er hat allerdings seinem neuen Patienten vor der Verabschiedung erklärt, dass Ernst Schöler durch Bewusstseinsveränderung sich selbst heilen muss und sie beide nur Hilfe zur Selbsthilfe geben können.

An ihrem ersten Termin erklärt David seinem Patienten zur Einführung das Wesen und die Abläufe einer Energietherapie. *»Die Kunst des Heilens beginnt mit dem Verständnis der Symptome. Jede physische Krankheit ist eine seelische Botschaft, die es zu verstehen gilt. Die Botschaft kommt von unserem Ich, der Rollenpersönlichkeit dieses Lebens, und zeigt sich zuerst im Chakra-System, den sieben Energiewirbeln entlang der Wirbelsäule. Jedes dieser Chakren steht für einen bestimmten seelischen Bereich. Ich überprüfe mit dem Pendel diese Wirbel. Mögliche abnormale Signale verraten mir, dass der Patient in dem betreffenden seelischen Bereich Probleme hat. Da dieses Chakra auch im Körper bestimmte Organe steuert, untersuche ich diese anschließend auf ihre Gesundheit beziehungsweise Funktion hin. Bitte legen Sie sich jetzt auf die Liege, damit ich mit meiner Untersuchung beginnen kann.«* Als Ernst Schöler liegt, ergreift David seine Fußspitzen und erklärt, dass sich in den Füßen der ganze Mensch spiegelt und die Zehen mit dem Kopf verbunden sind und dass deshalb, wenn er als Heiler jetzt Energie einströmen lässt, es im Kopf seines Patienten zu spürbaren Gefühlsveränderungen wie beispielsweise Druck kommen muss.

David beginnt und Ernst Schöler schließt die Augen und fühlt in sich hinein. Nach einer Weile meint er, dass er es in den Beinen aufsteigen spürt, die Energie sich aber im Becken staut. Nun pendelt David seinen Patienten aus und zeigt ihm, dass das zweite Chakra blockiert ist. David erklärt, dass dieses Energiezentrum für das Wasserprinzip steht und damit hauptsächlich für die Steuerung der Urogenitale, also Nieren, Harnleiter und Blase. Der Heiler pendelt noch beide Nieren aus und zeigt seinem Patienten, dass die erkrankte linke Niere blockiert ist, und fährt dann in seinen Erklärungen fort. *» Seelisch stehen die Nieren für den Partnerbereich und spiegeln beispielsweise Konflikte mit dem Geschäfts-, Sport- oder Ehepartner. Das geht mir an die Nieren, sagen wir und drücken damit eine entsprechende Gefühlsbelastung aus, die, wenn sie sich nicht auflöst, zur Erkrankung dieses Organpaares führt.«* David beginnt mit dem Handauflegen und sein Patient fängt an, sich sichtbar zu entspannen. Besonders viel spürt er im Kopf- und Beckenbereich, und als der Heiler seine Nieren behandelt, wird es in seinem Rücken ganz warm und Ernst hat das Gefühl, als wenn dort alles weit und frei wird. Besser kann er es nicht beschreiben. Auf jeden Fall fühlt es sich für ihn sehr gut an.

Als nach zwanzig Minuten die Behandlung beendet ist, setzen sich beide in die Couchgarnitur von Davids Behandlungszimmer, das er sich erst vor kurzem in seinem Wohnhaus eingerichtet hat. Angesprochen auf mögliche aktuelle oder schon ältere Partnerkonflikte denkt Ernst eine Weile nach. Dann berichtet er von dem qualvollen Tod seiner Ehefrau vor sieben Jahren, die damals an einem Gebärmutterhalstumor und nachfolgend Metastasen im ganzen Körper gelitten habe. David erklärt seinem Patienten, dass Krebs immer auf einen seelisch subjektiv nicht lösbaren Konflikt beziehungsweise ein Trauma hinweist, und fragt, ob es auch in seinem Berufsleben Konflikte gäbe, weil aus diesem Erfahrungsbereich bei den außen orientierten Männern die meisten Krankheitsbilder herrühren. Ernst muss nicht lange überlegen und erzählt dann, dass er Anfang des Jahres bei einer Beförderung wieder einmal übergangen worden sei und von seinen ständigen Konflikten mit dem Generalstaatsanwalt und Leiter seiner Behörde. Nur sein bester Freund, Oberstaatsanwalt Rüdiger Korte, habe sich für ihn eingesetzt und erreicht, dass er nicht versetzt wurde. Er würde von seinem Vorgesetzten ständig gemobbt und schikaniert und dass sie beide eine tiefe Abneigung verbinde. David hatte beim Auspendeln seines Patienten den bei ihm herrschenden Pol- und damit Partnerkonflikt auch dadurch festgestellt, dass bei ihm die beiden polaren Energien YIN und YANG nicht im Gleichwicht waren. Bei Ernst dominierte die Energie der linken Körperseite. Auf der rechten Seite war die Energie blockiert und kaum vorhanden. Ernst Schöler war somit ein Yin-Typ und damit weich und gefühlsorientiert. Sein Vorgesetzter, so vermutet es David, ist wahrscheinlich ein männlich orientierter Yang-Typ, dem Ernst als Gegentyp wohl ein Dorn im Auge ist. Als er seine Vermutung Ernst mitteilt, bestätigt der, dass der Generalstaatsanwalt ein Macho und widerlicher Frauenheld sei.

David und Ernst vereinbaren einen weiteren Behandlungstermin noch in der gleichen Woche und David verabschiedet seinen Patienten, der ihm inzwischen sehr sympathisch ist, mit einer herzlichen Umarmung, die dieser erfreut erwidert. Beide vereinbaren zum Abschied, sich fortan zu duzen.

Die erste Rückführungstherapie bei Angelika Forstman findet am folgenden Tag statt. Auch sie beginnt die Behandlung zuerst einmal damit, dass sie ihrem Patienten diese Behandlungsmethode ausführlich erklärt, um so falsche Vorstellungen und mögliche Ängste und Unsicherheit abzubauen. *»Die Chancen der Reinkarnationstherapie liegen darin, dass es mit Ihrer Hilfe gelingen kann, alte belastende seelische Muster und Traumen bewusst zu machen und zu erlösen. Diese krank machenden Programme sind irgendwann einmal durch entsprechende Erfahrungen und Erlebnisse dieses oder vergangener Leben entstanden und haben sich tief in unserem Unterbewusstsein eingenistet und terrorisieren uns von dort aus. Wie bei einem Computer haben wir uns einen Virus eingefangen, der entdeckt und durch entsprechende Gegenprogramme entfernt werden* *muss. Und dafür benutzen wir die Rückführungstherapie. Sie werden dafür von mir in einen Trancezustand geführt. An alles, woran Sie sich in der Therapie erinnern werden, können Sie sich auch später im Tagesbewusstsein noch erinnern. Nun haben Sie ja zwei sehr unterschiedliche Erkrankungen. Die genetisch begründete Hämophilie, unter der Sie bereits seit Ihrer Geburt leiden, weist darauf hin, dass Ihre seelische Ursache in einem oder mehreren früheren Leben entstanden sein muss. Der Pol- beziehungsweise Partnerkonflikt, den Ihre Nieren spiegeln, so wie es Ihnen David von Arnim erklärt hat, kann sowohl mitgebracht oder auch nur aus diesem Leben stammen. Das werden wir noch herausfinden.«*

Leise meditative Musik und die sanfte Stimme der Therapeutin lassen Ernst schnell in eine tiefe Entspannung gleiten. Angelika Forstman suggeriert ihrem Patienten einen Weg durch seinen Körper, an dessen Ende sie ihn mit seinem Geistführer zusammenkommen lässt. Beide gehen durch das Tor von Zeit und Raum und der Patient kommt im Fall schwerer oder lebensbedrohlicher Erkrankung meistens sofort in dem für sein Krankheitsbild verantwortlichen Vorleben an. Angelika überlässt es also dem Geistführer des Betreffenden, den Patienten zu den emotionalen Bildern in seinem Innern zu führen, die ihm seine aktuelle Situation begründen und erklären. Und so ist es auch in diesem Fall.

»Wo bist du da?« Auf die Frage der Therapeutin hin, bleibt es einen Moment still. Dann beginnt Ernst Schöler, ihr leise seine in ihm aufsteigenden Bilder und Empfindungen zu schildern, und so entwickelt sich in seiner Erinnerung zuerst ein Szenario aus der Frühzeit des Judentums, als er als Priester im Rahmen seines Dienstes Tiere schächten musste. Beim **Schächten** handelt es sich um eine rituelle Schlachtung, die sowohl im Judentum, Islam und auch im Neuen Testament vorkommt. Bei dieser Art der Schlachtung muss sichergestellt werden, dass das Tier vollständig ausblutet, bevor sein Fleisch verarbeitet wird. Das Ausbluten geschieht durch einen Kehlschnitt. Ernst Schöler beginnt sich in der Therapie hin und her zu bewegen

und seine Bewegungen und seine Mimik verraten schon, dass ihm sein Tun äußerst zuwider ist. Er erinnert sich an sein damaliges Mitleid mit den Tieren, hatte aber keine Möglichkeit, sich dem Diktat der religiösen Tradition zu entziehen. Im weiteren Verlauf steigen im Patienten Erinnerungen aus der Spätzeit dieses Lebens auf, als sein Stamm von Feinden überfallen wird und er, durch einen Schwertstreich schwer verwundet, langsam verblutet.

An dieser Stelle der Therapie beginnt Angelika Forstman ihrem Patienten Vorstellungen zu suggerieren, die dieses in Ernst noch schlummernde Trauma erlösen sollen. Sie fordert sein aktuelles Ich auf, in die Szene zu seinem verletzten früheren Ich zu gehen, sich neben ihm niederzuknien, seine Hände auf die Wunden zu legen und seinem früheren Ich Liebe und Energie zu schicken. In seiner Vorstellung erlebt Ernst nun, wie sich die Wunden des alten Priesters schließen und er langsam gesundet. Dann hilft er dem alten Mann auf die Beine und beide gehen gemeinsam ins Licht. Dort verschmelzen beide zu einer Person. Die Therapeutin fordert ihren Patienten auf, wahrzunehmen, wie sich das anfühlt, wenn der lange abgespaltene Teil in ihm reintegriert und befreit ist. *»Fühle, wie es ist, wenn du dich um dich selbst kümmerst!«* Und es wird Ernst in der Trance bewusst, dass eine riesengroße alte Last von ihm abgefallen ist und er jetzt ein ganz anderes und sehr positives Körpergefühl hat.

Nach Beendigung der Therapie, als Ernst aus dem Trancezustand zurückgekehrt ist und sich aufgesetzt hat, macht ihm seine Therapeutin bewusst, dass diese alten leidvollen und unerlösten Erfahrungen und die damit verbundenen Schuldgefühle seine heutige Erkrankung begründen. Die Gene sind der materialisierte Lebensplan, in dem alles festgelegt ist, womit wir uns im kommenden Leben auseinandersetzen müssen. Und ein nicht reparabler Gendefekt besagt nun, dass seine Seele sich geschworen hat, ihre Blut-Schuld durch eine lebenslange Konfrontation mit dem Thema zu sühnen. Allerdings, so beruhigt ihn Angelika, würden die modernen Behandlungsmethoden verhindern, woran man noch vor ein paar Jahrzehnten gestorben sei, und ein fast normales Leben ermöglichen. Die Wirkung der Therapie würde sich also hauptsächlich in einer veränderten positiven Selbstwahrnehmung zeigen, ein Verschwinden der Erkrankung wäre allerdings aus den genannten Gründen nicht möglich. Ernst Schöler bedankt sich herzlich und verabschiedet sich mit dem deutlichen Gefühl, trotzdem viel erreicht zu haben und nun zu wissen, warum er seit seiner Geburt damit belastet war. Allein dass er nun das Warum versteht, ist für ihn schon von großer Bedeutung und ein bemerkenswerter Gewinn.

Die zweite Sitzung bei seiner Psychologin verläuft für Ernst Schöler ganz anders. Er kann sich zwar wieder schnell in die Trance fallen lassen, aber als er in seiner Vorstellung durch das Tor von Zeit und Raum treten soll, bleibt anschließend vor seinen inneren Augen alles schwarz. Es will einfach kein Bild aufsteigen. Angelika Forstman signalisiert das, dass hier möglicherweise eine massive Sperre im Bewusstsein ihres Patienten vorliegt, eine Weigerung der Seele, sich unangenehme Erinnerungen anzusehen. Geduldig wartet sie ab, ob es doch noch zu einem Durchbruch kommt. Schließlich suggeriert sie ihrem Patienten zu spüren, wie seine Umgebung sich für ihn gerade anfühlt. Ernst hat das Gefühl, in einem warmen dunklen Raum zu schweben. Aufgefordert, seine Arme auszustrecken und wahrzunehmen, wie sich die Wände anfühlen, berichtet er, dass sie weich und elastisch sind. Dann dringen plötzlich von außen Empfindungen von Angst und Trauer zu ihm durch und ein Gefühl von Verlassenheit und Alleinsein breitet sich in ihm aus. Langsam wird ihm bewusst, dass er sich als Fötus im Leib seiner Mutter befindet und er deren Gefühle wahrnimmt. Und er erzählt Angelika, dass seine Mutter kurz vor seiner Geburt von seinem Vater verlassen worden sei.

Die Psychologin fordert ihn in der Trance auf, noch tiefer in seine Vergangenheit zu gehen, zum Ursprung der Erfahrung, die sich heute als sein Nierentumor darstellt. Ernst hat Mühe, Bilder wahrzunehmen, aber nach einer Weile erlebt er sich als Landsknecht im Dreißigjährigen Krieg, der seine Frau und seine Kinder verlassen muss, um Geld für die Familie zu verdienen. Als er wieder nach Hause kommt sind alle an der Pest gestorben und der heutige Mann beginnt in der Trance zu stöhnen und zu schluchzen. Die Therapeutin fordert ihn auf, weiter nach innen zu gehen, und erlebt, dass ihr Patient in der Zeit gesprungen ist und sich plötzlich zur Zeit des Sezessionskriegs als kleiner Farmer im Süden der Vereinigten Staaten befindet. Mit einer seiner Sklavinnen hat er insgeheim ein Liebesverhältnis, aus der ein Sohn entstanden ist. Als ihm die Frau zu lästig wird, verkauft er sie und ihr Kind an einen Nachbarn. In der Trance erinnert sich Ernst an die Schuldgefühle, die er damals daraufhin hatte. Als er hört, dass die Frau bei der Arbeit auf den Baumwollfeldern plötzlich zusammengebrochen und gestorben ist, kauft er das Kind zurück und zieht es als seinen anerkannten Sohn auf. Daraufhin wird er von seinem Umfeld geächtet und von schmerzhaften Nierensteinen geplagt. Als sein Sohn, an dem er inzwischen sehr hängt, ihn unerwartet verlässt und in den Norden der USA flüchtet, wo Schwarze schon frei leben können, verlässt ihn aller Lebensmut und er stirbt einsam und verlassen an einer Kolik mit folgendem Nierenversagen.

In der Trance erinnert sich Ernst an die großen Rückenschmerzen, die er damals hatte, und stöhnt und windet sich auf der Liege. Daraufhin suggeriert ihm Angelika wieder, wie in der ersten Sitzung, dass sein heutiges Ich in den Augenblick seines damaligen Lebens zurückkehren soll, wo sein Sterbeprozess begann, und lässt ihn sich um sein früheres Ich kümmern, ihm die Hände auflegen, ihn trösten und stärken und fordert ihn dann auf, gemeinsam ins Licht zu gehen. Wieder lässt Angelika ihren Patienten sich tanzend und schwebend im Licht mit seinem früheren Ich vereinen und verschmelzen. Ernst spürt in der Trance ein starkes Glücksgefühl, und die Therapeutin kann an seinem veränderten und jetzt sehr gelösten Gesichtsausdruck sehen, dass das alte Verlassenheitstrauma sich in ihrem Patienten aufgelöst und seine Kraft verloren hat, und sie ist zuversichtlich, dass sich das heilsam auf seine heutige Erkrankung auswirken wird.

Aus der Trance zurückgekehrt und wieder im Wachbewusstsein, macht die Therapeutin ihren Patienten auf den roten Faden in seinen Erinnerungen aufmerksam. Jedes Mal ging es um Beziehungen zu Partnern, die schmerzhaft gelöst wurden. In jedem dieser Leben und sogar im Mutterleib des heutigen ging es um Probleme mit geliebten Menschen, von denen er verlassen wurde oder sich von ihnen ungewollt lösen musste. Und schließlich gipfelte alles im Erleben des Todes seiner heutigen Frau und dem erneuten Verlassenwerden durch einen geliebten Partner. Angelika erklärt dem gespannt lauschenden Ernst Schöler, dass, wenn in einem Leben einem Trauma bald der Tod folgt, der seelische Konflikt in dem betreffenden Leben ja nicht mehr gelöst werden kann, er sich abkapselt und im Unterbewusstsein auf seine Erlösung wartet. Das unwissende Tagesbewusstsein wird dann durch das Entstehen der Krankheit erst auf den in der Tiefe schlummernden Konflikt aufmerksam gemacht und bekommt somit die Gelegenheit, sich mit der Botschaft der Krankheit auseinanderzusetzen und ihn wenn möglich zu erlösen. Gelingt das, bildet sich in der Regel die Krankheit teilweise oder gänzlich zurück. Dieser Prozess, so erklärt es Angelika ihrem Patienten, wird durch die Energiebehandlung von David gefördert und unterstützt. Die innere Erlösung und Befreiung hätte er ja im Rahmen der Psychotherapie innerlich miterleben können. Jetzt käme es darauf an, den Körper zu veranlassen, die Spiegelung des alten Traumas in Gestalt des Tumors abzubauen und die Krebszellen wieder in die natürliche Ordnung des Organismus zurückzuführen. Als Ernst sich von Angelika dankbar verabschiedet, hat er das sichere Gefühl, sich selbst besser zu verstehen und auf einem guten Weg zu sein.

In den folgenden Energietherapien bei David spürt Ernst immer mehr von dem heilsamen Fluss in ihm. Seine Sensibilität steigert sich und seine Erfahrungen lassen ihn immer mehr Hoffnung schöpfen.

Als er Ende des Monats zur Nachuntersuchung wieder in die Klinik geht, ist der Tumor an seiner Niere verschwunden und nicht mehr nachweisbar. Die Ärzte sprechen von einer seltenen Spontanremission und gratulieren ihm zu seinem großen Glück, nicht ahnend, dass Ernst sich durch seinen Bewusstseinsprozess selbst geheilt hat.

Von nun an ist er ständiger Teilnehmer an Davids Vorträgen im Haus von Sabine und interessiert sich auch für die Séancen, die Angelika leitet, weil er hofft, in Kontakt zu seiner verstorbenen Frau zu kommen, um zu hören, wie es ihr geht.

Der Kreis schließt sich

Walter durfte aus dem Jenseits heraus, die Prozesse seiner Familie und seiner Freunde mitverfolgen. Er hatte dabei den deutlichen Eindruck, dass sich die Entwicklung auf Erden ganz generell und insbesondere die seiner Lieben sehr beschleunigt hat. Von seinen Studien hier weiß er, dass der Planet Erde sich in einem Prozess der Metamorphose befindet, dass das überholte Alte sterben und dem neuen Bewusstsein Platz machen muss, und er beobachtet die Arbeit der Engel, die in den höheren Sphären diesen Prozess energetisch vorbereiten. Er hat auch das Interesse von anderen Bewohnern dieser Galaxie an den Entwicklungen auf seinem Heimatplanet sehen und die Besuche in ihren Raumschiffen mitverfolgen können. Hanael hat ihm bewusst gemacht, dass die Erde doch vernetzt und Teil eines Ganzen ist und dass das, was auf ihr geschieht, anderen Bewohnern des Kosmos deshalb nicht gleichgültig sein kann. Inzwischen hat Walter gelernt, in die Dinge zu schauen, und so hat er im Innern der Raumschiffe ihm ganz fremde Lebensformen beobachten können.

Seine Ausbildung in der letzten Stufe auf der Mentalsphäre geht weiter und so ist er, wie seine Mitschüler, in Ismaels Unterrichtsstunden heimlicher Gast und Beobachter im Pflanzen- und Tierreich. Sein Vermögen, sich auf niedere Ebenen einschwingen und dort wahrnehmen zu können, hat sich stark erweitert und verbessert. Und insbesondere seine Besuche auf der Tierstufe haben ihn stark beeindruckt. Auf Anweisung und Anleitung Ismaels hat er sich nacheinander in Repräsentanten verschiedener Tierarten hineinversetzt und durfte erleben, wie es sich anfühlt, Schlange, Löwe, Elefant, Adler und Delphin zu sein. Dabei wird ihm immer mehr die Struktur der Bewusstseinsausbildung auf Erden bewusst. Er versteht den Sinn und das Ziel dieser Ausbildung und dass jede Stufe wie hier im Jenseits auf der anderen aufbaut. Er begreift immer mehr, dass es dabei nicht um eine Verbesserung der verkörperten Geister geht, sondern dass sie sich in vorgegebenen Bahnen der Wunder der Schöpfung auf allen Ebenen bewusst werden und so die Vielfalt in Gottes Reich kennenlernen sollen.

Wieder ist ein Vortrag des michaelischen Engels angesagt und zusammen mit Wolfgang Lorang hat er sich ganz vorne im Auditorium einen Platz gesichert. Das Erscheinen dieses hohen Wesens ist wie immer ganz anders als bei anderen Geistpersönlichkeiten. Zuerst ertönt ein himmlischer Klang, Weihrauchduft füllt den Raum und dann manifestiert sich über dem Podium schwebend eine goldene Kugel, die sich ausdehnt und dabei die Gestalt des Engels annimmt. Im Raum ist es auch gedanklich ganz still und man spürt die Konzentration aller Anwesenden auf das, was ihnen dieser Bote Gottes zu sagen hat.

»*Die Liebe und der Friede Gottes sei mit euch!*« Bereits diese segensreichen Worte zu Beginn des Vortrags schaffen im Raum eine Atmosphäre, die Wolfgang und Walter wie eine feierliche Weihe empfinden. Sie tauchen ein in ein Energieniveau, das für sie einmalig ist und sie bisher, außer bei diesen Vorträgen, hier noch nie erlebt haben. »*Heute will ich euch von der besonderen Liebe Gottes zu seinen Kindern berichten. Gottes Liebe ist allumfassend, bedingungslos und an kein Verhalten gebunden. Er braucht eure Anbetung nicht, eure Rituale sind somit überflüssig und sinnlos. Er ist weder bestechlich noch parteiisch und schon gar nicht käuflich. Ihr könnt absolut nichts tun, um seine Liebe zu euch zu steigern oder zu mindern. Er ist sich der Tatsache bewusst, dass ihr Teil von ihm seid, und seine Liebe zu sich selbst ist ohne Beispiel. Seine Liebe ist unpersönlich und doch zugleich für jeden von euch vorhanden und erfahrbar.*

Und nun schauen wir uns im Vergleich dazu die menschliche Liebe an. Ihr alle hier seid noch nicht so weit von diesem Niveau entfernt, als dass ihr euch nicht noch gut daran erinnern könnt, wie euer Verhalten und Empfinden damals war. Die menschliche Liebe ist meistens an Bedingungen und an Gegenliebe geknüpft. Bedingungslosigkeit und Selbstlosigkeit sind selten anzutreffen. Ihr habt aus der Liebe ein Geschäft auf Gegenseitigkeit gemacht. Liebe, die nicht erwidert wird, ist meistens schnell erloschen. Im Grunde genommen geht es den meisten Menschen nur darum, die empfundene Minderwertigkeit und mangelnde Selbstliebe durch den scheinbaren Erhalt der Liebe von Dritten zu kompensieren. Liebe durch Leistung ist ein Motto, dem viele folgen, um das Ersehnte doch noch zu erlangen. Und so wurden sie zu Sklaven ihrer Sehnsüchte und Bedürfnisse, werden manipuliert und haben ganz vergessen, dass sie Liebe im Übermaß allumfassend und bedingungslos nur bei ihrem Schöpfer finden können.

Die Liebe einer Mutter zu ihrem Kind kommt der göttlichen nah, kann sie aber nie ganz erreichen. Häufig erwarten die Mütter im Gegenzug Dankbarkeit, Wohlverhalten und Gehorsam. Die Liebe der Männer zu Frauen ist anders als die der Frauen zu Männern. Wenn der Trieb und die Sexualität ins Spiel kommen, herrscht unter dem Deckmantel scheinbarer Liebe oft Macht und Zwang. Wenn ihr Mann seid, missbraucht ihr oft die Sexualität, um nach einem Streit oder Konflikt wieder Nähe und Zuneigung empfinden zu können. Wenn ihr Frau seid, braucht ihr ein bestimmtes Verhalten und entsprechende körperliche Zärtlichkeit und ein Klima von Vertrauen, um euch überhaupt wieder hingeben zu können. Bedingungslose Liebe sieht anders aus. Und es stellt sich die Frage, ob Menschen, gleich welchen Geschlechts, dazu überhaupt in der Lage sind? Selbst Priester, die euch diesbezüglich Vorbild sein sollen, schaffen es nicht einmal gegenüber ihrem Gott und die, die ihr in euren Religionen zu Heiligen hochstilisiert habt, waren oft insgeheim große Sünder und trauten sich nicht, ihr wahres Wesen offen zu zeigen. Insgeheim wurden sie von Zweifeln geplagt und waren sich der Liebe Gottes keineswegs immer sicher. Selbst Jesus am Kreuz fühlte sich in dieser Situation von Gott verlassen.

Und wie reagiert nun Gott auf die von ihm überall auf Erden zu beobachtende Lieblosigkeit? Hat er die Menschen verstoßen? Nach menschlichem Ermessen hätte er doch tausend gute Gründe dafür. Da er aber kein

Mensch, sondern Gott ist, ist auf seine Liebe immer Verlass. Er kann von den Menschen nicht enttäuscht werden, er macht sich keine falschen Vorstellungen von ihnen, denn er kennt sie doch besser als sie sich selbst. Und trotzdem liebt er sie bedingungslos!

Hat er euch nicht gesagt, ihr sollt euch kein Bildnis von ihm machen? Selbst ihr als seine Kinder seid nicht in der Lage, euren Gott auch nur annähernd in all seinen Qualitäten und in seinem ganzen Sein zu begreifen. Jede Vorstellung von ihm muss deshalb unvollständig und falsch sein. Das Absolute ist vom Relativen nicht zu verstehen. Das Teil kann das Ganze nicht erfassen. Es kann aber ein Bewusstsein und ein Empfinden für diese großartige Liebe Gottes zu all seinen Geschöpfen entwickeln. Jeder von euch kann lernen, sich absolut geborgen zu fühlen in dieser übermenschlichen Liebe, aus der ihr niemals herausfallen könnt, gleichgültig was immer ihr tut oder lasst. Ihr fragt euch, wie ihr das lernen könnt? Indem ihr euch eurer wahren Natur erinnert! Indem ihr euch der Präsenz des Göttlichen in Gestalt eures Höheren Selbst in eurem Herzen bewusst werdet. Hört auf zu suchen und findet das Ersehnte endlich in euch, wo es von Beginn an schon immer war, nur vergessen worden ist. Dieser Appell richtet sich in erster Linie an die bereits Erwachten, die annähernd fühlen und verstehen können, was ich meine. Die meisten Menschenkinder auf Erden sind aber erst am Anfang ihres Weges und wenige Male verkörpert gewesen. Ihre falschen Sichtweisen sind daher verständlich und verzeihlich. Von euch, die ihr im Übergang von der Mental- zur Kausalsphäre seid, wird mehr erwartet. Eure ganze Ausbildung hier ist auf das Ziel ausgerichtet, euch und die Schöpfung umfassender zu verstehen. Nur dadurch kommt ihr Gott näher. Denn Gott spiegelt sich in seiner Schöpfung. Betrachte einen Fels und du siehst ihn, bewundere eine Nachtigall und ihren Gesang und du hörst ihn, höre das Flüstern des Windes und er spricht zu dir, und schau in das lächelnde Gesicht eines Neugeborenen und Gott blickt dich an! Schau in den Spiegel und erkenne Gott! Seine nie endende Liebe und seine Geduld sind auf ewig bei euch! Amen!

Der hohe Engel verwandelt sich wieder in diese Lichtkugel, ein süßer Rosenduft liegt plötzlich in der Luft und ein harmonischer Dreiklang ertönt, als das Licht langsam erlischt. Walter und Wolfgang sitzen wie erstarrt in ihren Sesseln und wollen sich nicht bewegen, um nur ja nicht aus dieser immer noch nachschwingenden hohen Energie herauszufallen. Die Worte des Engels haben sich wie Feuer in ihre Seelen gebrannt und ein Verständnis geweckt für die Erhabenheit und überirdische Liebe ihres himmlischen Vaters. Die zwei haben zum ersten Mal das Gefühl, in Gestalt des Engels, Gott sehr nahe gekommen zu sein. Beide verlassen nach einer Weile den Raum, um sich bei einem Spaziergang durch den abendlichen Campus etwas Bewegung zu verschaffen und das Erlebte und Erfahrene im Austausch der Gedanken noch einmal Revue passieren zu lassen.

Auf Erden hat der Prozess gegen die junge multiple Frau begonnen. Getrennt davon hat die Staatsanwaltschaft Voruntersuchungen gegen einige bekannte Persönlichkeiten aus Gesellschaft und Politik und dem Rotlichtmilieu eingeleitet, die der Bildung einer kriminellen Vereinigung verdächtigt werden. Gleichzeitig wird von Rüdiger Korte gegen Einzelne dieser Gruppe wie gegen die Gruppe insgesamt wegen Vergewaltigung und Verschleppung und, im Fall seines verschwundenen Zeugen, wegen gemeinschaftlichen Mordes ermittelt. Zur gleichen Zeit macht der Fall des saudi-arabischen Journalisten Jamal Kashoggi öffentlich Furore, der seit dem Betreten des Konsulats seines Landes in Istanbul verschwunden ist. Selten hat ein vermutlicher Mord an einer einzelnen Person so großes internationales Interesse gefunden. Für den Oberstaatsanwalt ist das nur ein weiterer Beweis für die Verrohung der Sitten und die Kriminalisierung der Gesellschaft bis in die höchsten Spitzen von Staaten. Dass der Mordauftrag aus der unmittelbaren Umgebung des saudi-arabischen Kronprinzen oder gar von ihm selbst gekommen sein soll, um damit einen unliebsamen Kritiker zu beseitigen, überrascht Rüdiger Korte nicht. Auch bei der Wahl des Staatspräsidenten in Brasilien ist mit Jair Bolsonaro eine sehr fragwürdige Person an die Staatsspitze gelangt. Der 63-jährige Oberst der Reserve hat keine Regierungserfahrung, aber extrem antidemokratische Tendenzen. Er lobt Brasiliens Militärdiktatur und will Generäle zu Ministern machen. Auf seine Intoleranz gegenüber Minderheiten und Andersdenkenden ist er stolz. Kurz vor den Wahlen drohte er allen Andersdenkenden Gefängnis an, die sich ihm nicht fügen werden. Bolsonaro gleicht dabei dem philippinischen Präsidenten Rodrigo Duterte, der sich öffentlich persönlicher Morde an Drogendealern rühmte. Beide Männer haben den Drang, anders denkende Menschen zu beschimpfen und zu unterdrücken. Bolsonaros Drohung gegen eine linke Abgeordnete, dass sie es »nicht verdiene«, von ihm vergewaltigt zu werden, ist dem Oberstaatsanwalt noch gut in Erinnerung. Beide Staatsoberhäupter halten Gewalt für einen optimalen Problemlöser. Wen wundert es bei diesen Beispielen noch, dass die einfachen Menschen immer häufiger zur Gewalt greifen. In Amerika boomt die Waffenindustrie und die Zahl der Toten durch ihre Produkte steigt. Präsident Trump schweigt dazu und heizt im Wahlkampf zu den Nachwahlen die Stimmung noch an. Nach Erhebungen der Organisation Doctors for America sterben im Schnitt pro Tag in den USA 89 Menschen durch eine Schusswaffe. Geschätzt wird, dass 7,7 Millionen Amerikaner zwischen 8 und 140 Waffen haben. Es herrscht Krieg im Bewusstsein und auf den Straßen und Angst macht sich breit. In Deutschland diskutiert man die vielen Übergriffe, Vergewaltigungen und Morde durch Flüchtlinge und weckt durch entsprechende Propaganda und Lügen im Netz Gegengewalt und Hass.

Rüdiger Korte erlebt als Oberstaatsanwalt an vorderster Front, zu welchen Verbrechen Menschen fähig sind. Und im vorliegenden Fall der jungen multiplen Frau stehen Personen des öffentlichen Lebens unter Verdacht, die Rüdiger von Veranstaltungen und öffentlichen Auftritten her persönlich kennt. Als Rädelsführer am Missbrauch der Frau und als Mörder ihres Kindes stehen ein rechtsgerichteter Wirtschaftsboss und ein angesehener Klinikchef unter Verdacht. Es wird allerdings sehr schwer sein, ihnen diese Taten nachzuweisen, da, wie im Fall der italienischen Mafia, alle Beteiligten und möglichen Zeugen eisern schweigen, um nicht selbst zu Mordopfern zu werden. Das

Durchsuchen der alten Villa, wo das Verbrechen an der jungen Frau und ihrem Kind stattgefunden haben soll, hat zwar relevante Spuren und Hinweise gebracht, aber noch keine eindeutigen Beweise. Inzwischen wird der Fall in den Medien öffentlich diskutiert und auch Vergleiche und Parallelen zu den Vorfällen der Vergangenheit, auf die David ihn aufmerksam gemacht hat, gezogen. Rüdiger steht im Amt unter Druck und der Generalstaatsanwalt lässt sich täglich über den Fortgang der Ermittlungen unterrichten.

Als er davon David bei ihren Treffen in Sabines Haus erzählt und auch von den Problemen, die die Tatverdächtige durch ihre seelischen Absonderlichkeiten den Ermittlern bereitet, schlägt dieser Rüdiger vor, die Tatverdächtige doch einmal mit ihrem Einverständnis durch Angelika Forstman hypnotisieren zu lassen, um vielleicht auf diesem Weg zu neuen Erkenntnissen und Fakten zu gelangen, die vielleicht noch im Unterbewusstsein der jungen Frau verborgen sind. Der Oberstaatsanwalt hält das für eine gute Idee und will versuchen, dazu das Einverständnis der Angeklagten einzuholen. Dann wenden sich beide dem Thema des heutigen Abends zu. David hat Angelika Forstman erstmals mitgebracht und der Familie als seine neue Partnerin vorgestellt. Sie hat sich auf seine Bitte hin bereit erklärt, über einen besonderen Fall aus ihrer Praxis zu berichten. Da die Missbrauchsdiskussion weltweit und besonders in der katholischen Kirche zurzeit so große Wellen schlägt, will sie dazu vom Schicksal einer Frau berichten, die Entsprechendes erlebt hat.

»Anne, wie die Patientin mit Vornamen hieß, war eine attraktive Frau Ende 30, elegant und teuer gekleidet, der man ihre leidvollen Erfahrungen nicht ansah, als sie wegen massiver Schlafstörungen Mitte des Jahres zu mir in die Praxis kam. Im Vorgespräch und bei der Anamnese kamen auch die Probleme ihrer Kindheit zur Sprache und sie berichtet mir, dass sie mit 14 Jahren von ihrem Stiefvater als Geliebte genommen wurde. Körperlich und sexuell früh entwickelt, fühlte sich Anne von der Aufmerksamkeit und dem Begehren des Mannes geschmeichelt, empfand selbst viel Lust beim Ge-

schlechtsverkehr und träumte bereits von einer lebenslangen Beziehung. *Zu ihrer unangenehmen Überraschung hörte sie nachts eindeutige Geräusche aus dem Schlafzimmer der Eltern, die ihr verrieten, dass der Geliebte auch noch mit seiner Frau und ihrer ungeliebten Mutter sexuell verkehrte. Sie stellte ihn empört zur Rede. Die Situation eskalierte und endete schließlich damit, dass er sie schlug und anschließend vergewaltigte. Als sie Schutz und Hilfe bei ihrer Mutter suchte, wies diese sie brüsk ab, nannte sie eine Hure, die ihr den Mann ausspannen wolle, und warf sie aus dem Zimmer. Wutentbrannt wandte sich Anne an das Jugendamt, das sofort aktiv wurde, sie aus der Familie nahm, in einem Heim unterbrachte und gegen die Eltern erste rechtliche Schritte unternahm. Am Ende war die Familie zerbrochen, der Stiefvater im Gefängnis und die Mutter dem Alkohol verfallen.*

Anne wurde älter, heiratete einen Ingenieur, der durch die Nutzung eigener Patente viel Erfolg hatte und es schnell zu einem ansehnlichen Vermögen brachte. Die Beziehung zu ihrem Mann war gut und trotz ihrer belastenden Vorerfahrungen bereiteten ihr die sexuellen Begegnungen mit ihrem Mann viel Freude und Genuss. Sie bekam zwei Kinder, war gesellschaftlich aktiv und akzeptiert, spielte Tennis und war zusammen mit ihrem Mann begeisterte Tango-Tänzerin. Alles lief gut in ihrem Leben, bis es vor einigen Monaten zu immer stärker werdenden Schlafstörungen kam. Die Schlaftabletten bekamen ihr nicht und sie machte sich auf die Suche nach einer alternativen Behandlungsform, die ihr helfen könnte. Und so ist sie in meiner Praxis gelandet.«

Angelika macht in ihrer Erzählung eine Pause und Sabine und die Zwillinge reichen ihren Gästen Getränke und kleine Snacks. Neben David und Rüdiger ist auch Ernst Schöler gekommen, dem es immer noch sehr gut geht und der interessiert den für ihn doch noch sehr fremden Erlebnissen lauscht. Alle machen es sich wieder in ihren Sitzen bequem und die Psychologin fährt in ihrem Bericht fort. »*Neben körperlichen sind es insbesondere seelische Probleme, die zu Schlafstörungen führen können. Schlaftabletten können süchtig machen und am Ende mehr schaden als nutzen. Auf Grund des geschilderten sexuellen Missbrauchs*

143

vermutete ich eine Spätfolge dieses traumatischen Erlebens und riet der Patientin zu einer Trance-Therapie, um an des Pudels Kern zu kommen. Aus Erfahrung weiß ich, dass solche Dinge nicht zufällig geschehen und meistens eine Vorgeschichte haben. Anne war schnell bereit, in ihrer Erinnerung im Rahmen einer Rückführungstherapie nach möglichen früheren Ursachen für ihr Schicksal zu suchen.

In der Trance erinnerte sie sich nun sehr lebendig und emotional an ein Vorleben als Mann im nachchristlichen Rom. Sie erlebte sich als reicher Patrizier und Angehöriger der Oberschicht der Stadt. Zu ihrem Haushalt gehörten neben männlichen auch viele weibliche Sklavinnen. Und zu einer Reihe von ihnen pflegte sie exzessive sexuelle Beziehungen und lebte ihre Triebe rücksichtslos aus. Brutale und teilweise perverse Praktiken gaben ihr viel Befriedigung und ließen die betreffenden versklavten Frauen sehr leiden. Als sie sich in der Trance an diese Erfahrungen als Mann erinnerte, war die heutige Frau sexuell stark stimuliert und hatte auf der Liege heftige orgiastische Gefühle. Aus der Trance und Therapie zurückgekehrt und wieder ganz in ihrem weiblichen Körper, war Anne zutiefst entsetzt darüber, wie positiv sie in der Trance ihre Taten als Mann empfunden und genossen hat. Ich erklärte ihr, dass sie im Grunde nur das Gesetz der Polarität erlebt hat. Pol und Gegenpol. Pro und Kontra. Dass sie ein gewähltes Prinzip immer von seinen zwei Seiten aus erfahren muss. Und dass beim Prinzip der Durchsetzung beide Pole, Macht und Ohnmacht nacheinander gelebt werden und in uns somit zum Ausgleich gebracht werden müssen. Dass somit zum Täter das Opfer gehört.

An diesem Punkt meiner Erklärungen angekommen, war Anne plötzlich sehr aufgeregt und unterbrach mich. Dann berichtete sie mir mit Tränen in den Augen, dass ihr gerade eingefallen sei, dass sie in der Trance in einem ihrer damaligen Hauptopfer ihren heutigen Stiefvater erkannt hatte. Beide hatten das Geschlecht gewechselt. Damals war sie der Täter und er das Opfer, in diesem Leben waren deshalb die Verhältnisse zum Ausgleich umgekehrt. Sie musste tief ein- und ausatmen und brauchte ein Weile, um sich wieder zu beruhigen. Sie kam noch mehrmals zu weiterführenden Sitzun-

144

gen, die alle viel mit diesem Thema zu tun hatten und ihr bewusst machten,
warum Sexualität in diesem Leben als Skorpion-Frau ihr so viel bedeutete.
Am Ende, als sie gelernt hatte, sich auch in ihrem Schatten anzunehmen
und sich nicht mehr für ihren immer noch sehr starken Trieb zu schämen,
ließen die Schlafstörungen nach und sind bis jetzt nicht wieder aufgetaucht,
wie sie mir neulich glücklich am Telefon berichtete.«

Angelika lehnt sich in ihrem Sessel zurück und signalisiert damit ihren Zuhörern, dass ihre Geschichte zu Ende ist. Rüdiger Korte ist nachdenklich geworden und meint dann zu der Psychologin: *»Also wenn das so ist, dann hieße das ja, dass bei all meinen Tätern, die ich angeklagt habe und die deshalb meistens verurteilt wurden, es sich um frühere Opfer handelte? Das würde ja die Behauptung der multiplen Täterin, sie sei das Opfer dieser Männer gewesen und hätte sich nur gerächt, untermauern. Ich verstehe ja das Gesetz des Ausgleichs, aber wo kommen wir da hin, wenn jeder sein vermeintliches Recht in die eigenen Hände nimmt? Das endet doch bekanntlich mit Mord und Totschlag.«* David unterbricht ihn mit einem seine Zweifel ausdrückenden Schulterzucken und holt dann zu einer längeren esoterischen Betrachtung dieses Themas aus. Inzwischen ist es draußen dunkel geworden und sie alle sitzen gemütlich im Schein von Kerzen und dem hell flackernden Kaminfeuer teils in Sesseln und teils auf im Raum verteilten dicken Sitzkissen auf dem Boden.

»Die menschliche Geschichte ist voll von Erzählungen, die vom Zwang des polaren Ausgleichs berichten. Gegensätze ziehen sich aber nicht nur an, sondern bekämpfen sich auch. Adam und Eva, Kain und Abel, David und Goliath sind doch bis heute gültige Archetypen menschlicher Natur. Wenn wir als unverkörperte Wesen uns mit einem Prinzip auseinandersetzen wollen, bedeutet das, dass wir immer beide Seiten erleben und am Ende in die Balance bringen müssen. Nicht immer muss das zwingend lebensübergreifend sein, manchmal erfolgt der notwendige Ausgleich auch im gleichen Leben. Und so gewinnt ein Hartz-4-Empfänger überraschend im Toto eine Million, da dem Mangel die Fülle gegenübersteht. Oder betrachte ich nur meine Familie. Meine Vorfahren

waren seit Jahrhunderten deutscher Landadel und reiche Gutsherren in Pommern gewesen. Dann kam der Krieg und nahm ihnen alles und aus Reichtum wurde Armut. Oder der Tod nimmt dir, wie im Fall von Sabine, den Partner und aus trauter Zweisamkeit wird schlagartig traurige Einsamkeit. Wenn wir von Karma sprechen, meinen wir damit das Gesetz von Ursache und Wirkung, und die meisten von uns stellen sich dabei einen Ausgleich über mehrere Leben hinweg vor. Und tatsächlich ist das ja auch die Erfahrung in den meisten Rückführungstherapien. In einer meiner damaligen ersten Reinkarnationstherapien bei Angelika erlebte ich mich beispielsweise als Frau im Harem eines reichen Maharadschas im Palast der Winde in Jaipur im Nordwesten Indiens. Als seine Hauptgespielin wurde ich damals im 18. Jahrhundert mit Goldschmuck und Juwelen überhäuft und hatte viel Freude daran. Die Freude daran hat überlebt und so bin ich heute mit Inbrunst Juwelier und lebe sehr gut vom Verkauf edler Preziosen. Vor einigen Jahren führte mich eine Geschäftsreise wieder in diese Stadt und ich fühlte mich beim Anblick der berühmten Fassade des Palasts der Winde wieder wie zu Hause. Die Esoterik spricht in solchen Fällen von Déjà-vu-Erfahrungen. Als ich Angelika zum ersten Mal begegnet bin, hatte ich auch sofort das Gefühl, sie gut zu kennen. Und wie sie mir später sagte, ging es ihr genauso. In einer weiteren Rückführung mit ihr begegnete ich ihr als ihr Ehemann. Wir lernten uns kennen, als sie als Kundin in meinen Laden kam. Ich hatte zur Zeit Elisabeth I. in London ein gut gehendes Tuchgeschäft und wir beide bekamen kurz hintereinander zwei Kinder und waren sehr glücklich. Doch ich kam auf einer Geschäftsreise zu den Tuchmachern Flanderns bei einem Sturm auf See ums Leben, als unser Schiff vor der belgischen Küste unterging. Unsere Liebe wurde also damals jäh beendet, es blieb die Sehnsucht nach dem anderen und so haben wir uns verabredungsgemäß in diesem Leben wiedergefunden, um das damals Verpasste nachzuholen. Und so bin ich mir sicher, dass ich jeden von euch schon aus einem Vorleben kenne.« David umarmt seine neben ihm sitzende alte und neue Geliebte und alle prosten sich noch einmal mit einem Glas Glühwein zu, den Sabine inzwischen kredenzt hat. Für alle wird es Zeit, sich auf den Heimweg zu machen, und so gibt es zum Abschied unter allen ein inniges Umarmen und das Versprechen, sich bald wieder zu treffen.

Im Jenseits hat Walter inzwischen neben Ismael eine neue Lehrerin, die mit ihm Reisen zu anderen Planetensystemen macht, die von Wesen ganz anderer Art bevölkert sind. Mariel, wie sich seine neue Begleiterin vorstellt, hat wie Ismael hellblondes Haar, eine sehr weibliche Gestalt und ist äußerst schlagfertig, wie Walter bald feststellen muss. Geduld ist nicht gerade ihre Stärke, und wenn er etwas nicht sofort versteht, kann sie sehr ungehalten reagieren. Sie besuchen gemeinsam einen großen Planeten im Orion-Nebel. Und so hat Walter mit Ehrfurcht in die Tiefen des Orionnebels geblickt, wo – 1300 Lichtjahre von der Erde entfernt – neue Sterne geboren werden. Auf dem von ihnen besuchten Planeten lebt eine Rasse von menschenähnlichen Reptilien. Sie hat sich über viele tausend Planetenjahre aus krokodilartigen Vorfahren zu Wesen mit einer hohen Kultur und Zivilisation entwickelt. Es herrscht eine hohe Schwerkraft und ein Tag dauert hier fast zwei Erdentage. Die Reptiloiden haben eine Lebensdauer von fast dreihundert Jahren, was auf Erden einer Lebenszeit von annähernd 600 Jahren entspricht, die auf unserem Planeten nur von Pflanzen erreicht wird. Entsprechend haben die Bewohner dieses Planeten eine lange Kindheit, in der sie sich und ihre Kräfte erproben können. Erwachsen und geschlechtsreif werden sie mit etwa dreißig Jahren. Vom Wesen her zeichnet diese Geschöpfe eine große Geduld und fast militärische Disziplin aus. Ihre ursprüngliche große Aggression haben sie durch tägliche Versenkungsübungen, vergleichbar dem irdischen Yoga, gut im Griff. Es gibt kaum Verbrechen und es wird ein reger Handel mit anderen Planeten in ihrem Sonnensystem geführt. Von ursprünglich wechselwarmen Tieren abstammend, lieben sie die Wärme, die von der großen Sonne ausgeht, die wesentlich größer als die irdische ist. Temperaturen von über 60 Grad sind keine Seltenheit und die Pflanzen- und die Tierwelt auf diesem trockenen Planeten hat sich entsprechend angepasst. Wasser gibt es nur in Gestalt großer Seen in höher gelegenen und kühleren Bergregionen, das durch ein kompliziertes unterirdisches Kanalsystem in die Ebenen und die dort liegenden Wohngebiete geleitet wird. Insgesamt ähnelt dieser Planet sehr den irdischen Wüstenregionen und dem Mars, den Walter von seinen Besuchen mit Ismael her kennt. Hagor, wie ihre hiesige Kontaktperson sich vorstellt, ist Leiter einer Brutstation. Früher haben die Karkonen, wie sein Volk sich nennt, ihre Eier im Sand vergraben und von der Sonne ausbrüten lassen. Jetzt, als entwickelte und technisch versierte Wesen, machen sie das in speziellen Brutstationen, die auch die Sonnenwärme über Kollektoren einfangen, die sie dosiert an die Brutbecken weiterleiten, wo in speziellen Vertiefungen jeweils ein Ei ruht, dessen Entwicklung ständig vom Personal überwacht wird. Wenn die jungen Reptiloiden schlüpfen, werden sie von speziellen weiblichen Angestellten der Brutstation übernommen und bis zu ihrem 25. Lebensjahr von diesen wie von irdischen Ammen und Kinderschwestern in eigenartigen Höhlengebäuden versorgt und erzogen. Auch diese Höhlen sind Relikte aus der Vorzeit der Reptiloiden und wurden nur inzwischen unterirdisch ausgebaut und den heutigen Bedürfnissen angepasst. Insgesamt hat dieser Planet wesentlich weniger Bewohner und weniger Pflanzenwuchs als Mutter Erde. Vielleicht weil er auf Grund seiner Beschaffenheit keine große Biomasse ernähren kann. Neben den Reptiloiden gibt es nur noch wenige andere Rassen, die alle noch auf einem niedrigen Entwicklungsniveau stehen und großen irdischen Kröten und Lurchen ähneln.

Auf dieser Reise besuchen Walter und Mariel noch einen anderen Planeten dieses Systems, der weiter weg von seiner Sonne seine Bahn zieht und deshalb kühler und feuchter ist. Seine einzigen Bewohner sind fast drei Meter groß und gehören einer insektoiden Rasse an, die Walter sehr an menschliche Gottesanbeterinnen erinnert. Sie sind von überraschend hoher Intelligenz und ihr ganzes Leben als Erwachsene verbringen sie weitgehend mit Forschung und Weiterentwicklung ihrer Technologie. Sie betreiben intensiv Raumfahrt und haben Antriebe entwickelt, die Überlichtgeschwindigkeit erreichen. Sie ernähren sich von pilzähnlichen Pflanzen, die sie in großen Anlagen vergleichbar irdischen Treibhäusern anbauen. Diese Wesen sind zweigeschlechtlich und bringen ihre Kinder lebend zur Welt. Die sozialen Bindungen scheinen nicht sehr ausgeprägt zu sein und jegliche Erziehung ist auf die Stärkung des Individuums ausgerichtet. Das erinnert Walter sehr an die

Zustände, die er in der Hölle des Intellekts gesehen hat, und so drängt er Mariel, diesen Ort möglichst schnell wieder zu verlassen.

An Mariel und ihre spontane und offene Art hat er sich inzwischen gewöhnt und findet dieses sehr weibliche Wesen zunehmend anziehend und sympathisch. Mariel hat natürlich seine veränderte Einstellung zu ihr bemerkt und muss sich zugestehen, dass Walter ihr als männliches Wesen auch nicht gleichgültig ist. Natürlich gibt es auch auf höheren Ebenen, solange das betreffende Wesen einen Körper hat, noch Anziehung zwischen den Geschlechtern. Auch hier und sogar noch stärker fühlt man die sich anbahnende gegenseitige Liebe und sexuelle Anziehung, die sich nicht auf die physische Ebene beschränkt. Lediglich die Form der Sexualität entbehrt der irdischen Aggressivität und ist sinnlicher und kreativer. Als es einige Zeit später zwischen ihm und Mariel zu einer ersten liebevollen Vereinigung kommt, hat Walter nachher das Gefühl, mehr als in einem Himmel zu schweben. Noch nie, auch nicht mit Sabine, hat er eine solche Intensität der Gefühle beim Liebesakt erlebt und fühlt sich hinterher nicht müde und ausgelaugt, sondern bis zum Anschlag angehoben und angefüllt mit Glück und Zufriedenheit. Es bedarf keiner gegenseitigen Versicherung, denn es ist Mariel und Walter nachher sofort klar, dass diese Beziehung im Himmel geschlossen wurde und noch lange bestehen wird. Als Hanael kurz darauf seine Gefühle und sein verändertes Auftreten mitbekommt, gratuliert er seinem Schüler zu seinem Erfolg als unwiderstehlicher Verführer. Walter muss über Hanaels Stichelei lachen und meint nur, dass Hanael in dieser Angelegenheit wohl eher sein Schüler sein müsste, und bietet ihm entsprechende Lehrstunden an. Hanael stimmt lachend zu und verspricht, sofort bei Eintritt einer entsprechenden Situation, Walter um Hilfe zu bitten. Überhaupt ist in dieser letzten Stufe der Mentalsphäre der Umgang miteinander sehr viel lockerer und von mehr Gleichberechtigung geprägt und auch Wolfgang Lorang hat dieses Empfinden, obwohl er andere Ausbilder an seiner Seite hat.

Liebe und Angst

Von Gott höchstpersönlich stammt die Aussage, dass es auf Erden nur diese beiden Zustände gibt und jeder Mensch entscheiden müsse, wozu er neigt und welchem er davon Raum in sich gibt. Ernst Schöler steht gerade vor dieser Entscheidung. Er hat sich gerade in eine junge Kollegin verliebt, die allerdings von seinem Chef heftig umworben und begehrt wird. Claudia Weirich heißt die junge Frau, die erst seit kurzem Staatsanwältin und noch recht unsicher in ihrem Job ist. Das Umgarnen durch den sehr viel älteren Generalstaatsanwalt erschreckt sie mehr, als dass es ihr schmeichelt, und schon gar nicht hat sie die Absicht, auf die Avancen ihres Chefs in irgendeiner Form einzugehen. Sie hat Schutz und Beistand bei Ernst gesucht, der zur eigenen Überraschung nach dem Tod seiner Frau zum ersten Mal wieder tiefe Gefühle für ein weibliches Wesen hat. Als bei der jährlichen Weihnachtsfeier im Amt Generalstaatsanwalt Rost unter starkem Alkoholeinfluss die Kontenance verliert und beim engen Tanz mit seiner jungen Mitarbeiterin zärtlich und verlangend über den Rücken und Po der sich Windenden streicht, geht Ernst Schöler tatkräftig dazwischen und befreit Claudia aus der Umklammerung seines Chefs. Der fängt daraufhin vor allen Festteilnehmern zu toben an und droht Ernst laut mit dienstrechtlichen Konsequenzen. Darauf nimmt Rüdiger Korte den widerstrebenden und stark alkoholisierten Vorgesetzten am Arm und führt den heftig Protestierenden in einen ruhigen Nebenraum, während Ernst Schöler und Claudia Weirich schnell das Fest verlassen. Diese Vorkommnisse werden öffentlich und dringen bis ans Ohr des Justizministers, der diese Gelegenheit dazu nutzt, seinen unliebsamen Mitarbeiter aus einer anderen Partei auf Grund dieses Vorfalls endlich und ohne viel Aufsehen in den vorzeitigen Ruhestand zu schicken. Ein paar Wochen später wird Rüdiger Korte zum neuen Generalstaatsanwalt ernannt und Ernst Schöler als sein Nachfolger zum Oberstaatsanwalt befördert. Für beide ist es, so kurz vor Heilig Abend, wie ein vorzeitiges Weihnachtsgeschenk und sie laden gemeinsam alle ihre Freunde zu einem feierlichen Abendessen in einem nahe gelegenen Drei-Sterne-Restaurant ein.

Dann, zwei Wochen vor Weihnachten, kommt es zu einem dramatischen Vorfall in der Wiesbadener Niederlassung von Davids Juweliergeschäft. Es ist schon kurz vor Geschäftsschluss und kein Kunde mehr im Laden, als plötzlich die Tür aufgerissen wird und drei maskierte Männer mit Pistolen in den Händen hereinstürmen. Sie verlangen laut schreiend, dass die einzige noch anwesende Mitarbeiterin und Sabine, die zufällig zur Kassenabrechnung in der Filiale ist, sich sofort auf den Boden legen. Beide Frauen folgen der Anweisung unverzüglich und Sabine sieht das Entsetzen in den Augen der verängstigten neben ihr liegenden Frau. Auch Sabine ist zunächst geschockt, kann sich aber schnell fangen und die Täter, die dabei sind, die gläsernen Schmuckvitrinen eine nach der anderen mit mitgebrachten Hämmern zu zerschlagen, genau beobachten, um der Polizei später vielleicht dienliche Hinweise geben zu können. Und dass die Polizei bald eintreffen wird, da ist sich Sabine sicher, hat sie doch noch kurz vor dem Hinlegen einen geheimen Alarmknopf neben der Kasse drücken können. Der stille Alarm ist also ausgelöst und sie beide müssen nur ruhig bleiben und den Verbrechern keinen Vorwand geben, sie in irgendeiner Form zu verletzen. Sie sieht die Panik in der Mimik und den Augen der Angestellten und fürchtet, dass sie noch vor Eintreffen der Polizei Dummheiten machen könnte, und legt deshalb beruhigend den Arm um ihre Schultern. Die Verbrecher raffen den erbeuteten Schmuck in Taschen und fordern die Angestellte dann barsch auf, ihnen sofort den verschlossenen Tresor zu öffnen. Sabine kommt das merkwürdig vor, dass die Täter so genau wissen, dass nicht sie, die offensichtliche Vorgesetzte, sondern nur die ältere Angestellte den Code für das Tresorschloss kennt. Und sie beobachtet, wie einer der Verbrecher hinter der Frau gehend ihr sanft und scheinbar beruhigend die Hand auf den Rücken legt. In Sabine steigt der Verdacht auf, dass dieser Mann, der sich bisher so merkwürdig zurückgehalten und kein Wort gesprochen hat, der Frau bekannt sein muss, beziehungsweise sie möglicherweise näher kennt. Allerdings spricht die ehrliche und offensichtlich nicht gespielte Angst und Panik der Angestellten nicht dafür, dass ihr dieser oder einer der anderen Täter bekannt ist oder sie von dem Überfall vorab informiert worden wäre.

Kurz darauf eskaliert die Situation, als Sirenen und Blaulicht den Tätern signalisieren, dass sie aufgeflogen sind und die Polizei vor der Tür steht. Sofort positionieren die Verbrecher die beiden Frauen an den Fenstern, halten ihnen Pistolen an die Schläfe und drohen mittels eines Handys, ihre Geiseln zu töten, falls die Polizei versucht, das Geschäft zu stürmen. Sabine bleibt trotzdem ruhig, die Angestellte neben ihr schluchzt, zittert und fleht ihren Bedroher an, sie am Leben zu lassen. Plötzlich durchschlägt eine Rauchbombe das Schaufenster und der Raum füllt sich schnell mit undurchsichtigem Nebel. Sabine spürt nicht mehr den Druck der Pistolenmündung an ihrer Schläfe und bemerkt, als sie sich vorsichtig umdreht, dass die Verbrecher sich offensichtlich in die hinteren Räume zurückgezogen haben. Scheinbar haben sie die Angestellte als Geisel mitgenommen. Die Tür wird aufgestoßen und vermummte und durch ihre Schutzwesten geschützte Beamte der uniformierten Einsatzgruppe strömen herein und sichern den Raum. Die weitere Durchsuchung der Räume ergibt, dass die Räuber samt ihrer Beute und unter Mitnahme der Geisel durch die Hintertür des Geschäfts auf einen Innenhof gelangt sind, der von außen nicht einsehbar ist, und einen Durchgang im Nebengebäude genutzt haben, um endgültig zu flüchten.

Als David von der Polizei alarmiert am Tatort ankommt, schließt er zuerst Sabine in die Arme und ist sehr froh, dass ihr nichts passiert ist. Der angerichtete Schaden und der gestohlene Schmuck sind ihm fast gleichgültig, ist er doch gut versichert. Sabine, vom Chef der Einsatzgruppe befragt, gibt so gut sie kann eine Täterbeschreibung und vergisst dabei auch nicht, ihre Beobachtung hinsichtlich des auffälligen Benehmens eines der Täter zu schildern. Inzwischen ist auch der frisch gebackene Oberstaatsanwalt Schöler am Tatort eingetroffen und drückt und herzt seine Geliebte, die zwar nicht getröstet werden muss, aber seine Zuwendung doch sehr genießt. Ernst lässt sich kurz vom Leiter der Ermittlungen über das bisher Bekannte unterrichten und verlässt dann mit Sabine das Geschäft, um seinen Liebling nach Hause und in Sicherheit zu bringen. Dort angekommen stürzen sich die Zwillinge aufgeregt auf ihre Mutter. Sie haben das Geschehen am Radio mitverfolgt und sich große Sorgen um sie gemacht. Als sich Verena und Laura endlich beruhigt haben, muss ihnen Sabine alles haargenau erzählen. Und die beiden sind stolz, dass ihre Mutter in dieser lebensgefährlichen Situation so ruhig und gelassen geblieben ist.

Auch wegen der Geisel hat die Polizei eine Großfahndung eingeleitet und kann schon eine Stunde später von einem ersten Erfolg berichten. Die Angestellte wurde unversehrt in der Nähe des Bahnhofs frei gelassen und die Täter sind danach laut ihrer Aussage in der Menge untergetaucht. Die Bundespolizei durchsucht alle abgehenden Züge und das Bahnhofsgelände und kann schließlich die Täter auf einem stillgelegten Betriebshof stellen und zur Aufgabe bewegen. Wie Ernst, als für die Strafverfolgung zuständiger Beamter, beim nächsten Treffen seinen gespannt lauschenden Zuhörern berichtet, hat es sich herausgestellt, dass einer der Täter der arbeitslose Neffe der Angestellten ist, die er zuvor über das Geschäft ausgefragt hat. Bei einem Besuch seiner Tante habe er dann die Geschäftsräume ausspioniert. Und Ernst fährt stolz fort, dass nur durch Sabines exakte Beschreibung die Behörden so schnell auf die Spur der Täter kommen konnten. Sabine schmiegt sich an ihn und er legt liebevoll den Arm um sie.

Im Jenseits gibt es für Walter und die anderen Schüler keinen Weihnachtsrummel und keine besinnliche Weihnachtszeit, ihr Unterricht findet täglich statt. Hanael kommentiert diesen Umstand mit der Erklärung, dass der Geist nie schläft und auch keine Erholung braucht. Nur ein physischer Körper könne ermüden und brauche deshalb Ruhe und Schlaf, um sich zu regenerieren. Inzwischen ist den Schülern ein neues Lernthema angekündigt worden. Sie sollen üben und lernen, sich physisch zu manifestieren und nach Belieben auf jeder unteren Schöpfungsebene erscheinen zu können. Es ist ihnen dabei ausdrücklich vorerst untersagt, ihnen bekannte und noch verkörperte Menschen aufzusuchen, um bei diesen keinen Schock auszulösen. Walter und Wolfgang Lorang finden es anfänglich sehr schwer, ihren Körper in seiner Eigenschwingung so herabzubremsen, dass er für menschliche Augen länger sichtbar und fühlbar wird. Einige Versuche scheitern kläglich. Zutiefst erschrockene Beobachter auf Erden hatten dabei ihre Konturen wahrnehmen können und gesehen, wie ihre Körper mal dichter, mal durchscheinender wurden und sich schließlich für die Zuschauer ganz in Luft aufgelöst haben.

In der theoretischen Ausbildung wurde ihnen von Hanael am Beispiel von Jesus Christus und den Engelerscheinungen bei Abraham und Maria erklärt, dass Geister in der Vergangenheit mittels dieser kurzfristigen Materialisation häufiger Menschen erschienen. *»Voraussetzung dafür war und ist immer noch ein Dienstauftrag, der für die betreffende Person aus übergeordneten und seelischen Gründen das so vorsieht. Kein Engel tut etwas aus sich heraus und ohne guten Grund. Jesus beispielsweise erschien Monate nach seinem Tod seinen Jüngern, aß und trank mit ihnen und der ungläubige Thomas durfte sogar seine Wunden in Augenschein nehmen. Warum wohl? Diese späteren Apostel waren wichtig für die weitere Entwicklung auf Erden. Und deshalb wurden sie schrittweise in ihre Aufgabe eingeweiht. Dazu gehörte auch, dass ihnen bewusst werden sollte, dass der Tod nur eine Illusion ist und das Leben danach weitergeht. Der schlagende Beweis dafür war das Erscheinen Christi lange nach seinem Tod. Überzeugung wächst oft erst, wenn man mit den Fakten unmittelbar konfrontiert wird. Allerdings können solche Wunder keinen Glauben erzeugen, sondern nur vorhandenen Glauben bestätigen.«*

Bei dieser Gelegenheit erklärt Hanael ihnen auch, warum diese Geister auf Erden Engel genannt werden. »*Die übergeordnete Bezeichnung aller Geister sei >Gottes Lichtkinder<. Die meisten von ihnen hätten noch nie ihre Sphäre verlassen. Diejenigen von ihnen, die aber die unteren Schöpfungsebenen kennenlernen und dort Dienst tun wollten, verknüpften das mit Aufträgen und Botschaften, die sie im Auftrag höherer Dienstgrade verrichten beziehungsweise übermitteln sollten. Sie traten also dort unten als Boten höherer Ebenen auf. Einen himmlischen Boten nannte man auf Latein >angelus<, also Engel. Sie können sehr unterschiedliche Aufgaben in der Schöpfung übernehmen und die einzelnen Religionen gaben ihnen ganz unterschiedliche Namen. Im Christentum sprecht ihr beispielsweise von euren Schutzengeln. Aber habt ihr damals als verkörperte Menschen je einen gesehen? Das weist darauf hin, dass ihr Dienst weitgehend unbemerkt bleibt, aber immer geleistet wird. Wieso, könntet ihr fragen, werden dann so viele Millionen Menschen scheinbar nicht von ihnen geschützt und kommen durch Verbrechen, Kriege oder Naturgeschehen um? Nun, über allem stehen die göttlichen Rahmengesetze. Und die können von Schutzengeln nicht außer Kraft gesetzt werden. So fordert das Karma vieler, dass sie diese schrecklichen Dinge erfahren müssen, weil sie sie früher unwissentlich selbst verursacht haben. Sie ernten nur, was sie gesät haben. Würde man ihnen die Konsequenzen aus ihren Handlungen einfach ersparen, würden sie nie lernen, bewusst zu werden. Tatsächlich sind Schutzengel im Hintergrund ständig darum bemüht, Ereignisse abzuwenden, die nicht karmisch von euch verursacht wurden. Und das sind sehr viele. Wenn ihr wüsstet und als verkörperte Menschen mitbekommen würdet, wie viel euch durch ihr Tun erspart bleibt, wäret ihr ihnen sehr dankbar. Sie können aber niemand vor sich selbst schützen.*

Ihr habt sicherlich schon bemerkt, dass die Namen der hohen Engel immer mit >el< enden. >El< war in der Frühzeit eine Bezeichnung für Gott und Gottes Kinder, offenbaren somit ihre Abstammung durch diese Endsilbe ihres Namens. Der Vorname Michael beispielsweise bedeutet >Wer ist wie Gott?<. Namensgeber ist der Erzengel Michael, welcher im Neuen Testament den Bekämpfer des Teufels und Höllendrachens darstellt. Im frühen

Mittelalter begann er als Satansüberwinder den altgermanischen Wotan zu
verdrängen. Daher wurden auch viele Wotansberge – die den Germanen
als religiöse Höhen-Kultstätten fungierten – fortan Michaelsberg benannt.
Sein größtes Heiligtum auf Erden ist der Mont Saint Michel an der franzö-
sischen Atlantikküste. Michael, Gabriel, Raphael, Uriel – sie alle gelten als
die ältesten Söhne Gottes und bilden das Engelquadrat um den göttlichen
Thron.«

In den weiteren Unterrichtsstunden beweisen ihre Lehrer Walter und
Wolfgang, dass Zeit und Raum ebenfalls nur eine Illusion sind. Dass
man in der Zeit reisen und sich sowohl vorwärts wie rückwärts bewegen kann. Und sie lernen immer mehr durch rein geistiges Wollen,
diese scheinbar unverrückbaren Gegebenheiten nach Belieben zu
manipulieren und zu verändern. Walter zieht es bei diesen Versuchen
nacheinander in die Zeit Alexander des Großen, weiter zurück in die
Bauphase der großen Pyramide von Gizeh und wieder vorwärts an
den prachtvollen Hof Ludwigs XVI. nach Versailles. Am meisten
verblüfft Walter aber, dass er auch sein Geschlecht beliebig wechseln
kann. Sein Körperempfinden als Frau kommt ihm dabei keineswegs
fremd oder abstoßend vor. Und so lebt er dieses Gefühl als eine der
Maitressen am Hof des Sonnenkönigs ungeniert aus. Während er
bei seiner Zeitreise scheinbar Monate unterwegs ist, vergehen auf
seiner geistigen Ebene tatsächlich nur Stunden und Walter versteht
langsam, was es bedeutet, wenn gesagt wird, dass die Zeit relativ sei.

Während die Menschen auf Erden Weihnachten feiern, erleben
Wolfgang und Walter diese Zeit als besonders energiereich. Das
globale Bewusstsein, das sich in diesen Tagen mehr als sonst mit religiösen und geistigen Dingen beschäftigt, sorgt auch auf ihrer Existenzebene für einen Anstieg des allgemeinen Energieniveaus und
Walter begreift und erfährt auch dadurch zum wiederholten Male,
dass alles mit allem verbunden ist und sich gegenseitig beeinflusst. Er
schickt seinen Lieben auf Erden gute Gedanken und wünscht ihnen
inneren Frieden und die Erfüllung ihrer Wünsche. Dann machen er

und Wolfgang sich gemeinsam auf eine längere Reise in die Tiefen des Alls, um die wunderbare Schöpfung Gottes noch besser und umfassender kennenzulernen.

Epilog

Weihnachten, das Fest, das die Wiederkehr Christi auf Erden feiert, ist auch für Sabines Familie und all die Freunde, die sich in den vergangenen Monaten um sie geschart haben, ein Moment des Innehaltens. In der Rückschau macht sich jeder von ihnen bewusst, was und wie viel seit Walter Nowaks plötzlichem Tod sich in ihrem Leben verändert hat. Neue Bande wurden geknüpft, alte Liebe wurde wieder entdeckt und sich mutig der Angst gestellt und dem vermeintlich Bösen entgegengetreten. Und so war der Tod zum Keim für neues Leben geworden.

Sie alle hatten in den vergangen Monaten den Druck des Leids in unterschiedlicher Form aushalten müssen und dabei gelernt, dass daraus Gutes entstanden ist. Jeder von ihnen ist in diesen Tagen ein Stückchen gewachsen und seiner geistigen Heimat ein wenig näher gekommen. Am Weihnachtsabend sind alle zusammengekommen, um in der Gemeinschaft gleichgesinnter Seelen das Mysterium der Ankunft des Lichts in einer gemeinsamen Meditation zu erleben. In ihren Herzen ist Walter bei ihnen und David, Sabine und die Zwillinge tragen an diesem Abend ihren persönlichen Herzdiamanten offen auf der Brust, um damit zu demonstrieren, dass Trennung eine Illusion und dass die Liebe das Wesen Gottes ist, das alles und jeden über Zeit und Raum hinweg verbindet. Alle sagen später, dass sie bei dieser Meditation die Präsenz des verstorbenen Hausherrn deutlich gespürt haben und dass neben ihm auch die Geister der anderen Verstorbenen, Davids Mutter, die Frau von Ernst und einige andere, die sie nicht identifizieren konnten, anwesend waren.

So wie nur durch Hitze und Druck aus Asche ein Diamant als Symbol des Lichts entsteht, so haben die vergangenen Ereignisse alle zu einer Gruppe vergleichbar einem Diamanten zusammengeschweißt, der nun nicht nur sein inneres Licht offenbart, sondern auch genügend Härte besitzt, sich allem, was kommen mag, mutig und entschlossen entgegenzustellen. Zum Abschluss ihrer Meditation erheben sich alle, umarmen sich und tauschen Bruderküsse aus. Es ist inzwischen kurz vor Mitternacht und ein voller Mond lässt alles in einem magischen Licht erstrahlen, als David und Angelika, Ernst und Claudia, Sabine und Rüdiger und die Zwillinge sich Hand in Hand aufmachen, um im Dom der Stadt gemeinsam am Gottesdienst teilzunehmen.

»Kyrie, eleison«, »Herr, erbarme dich«. Der Chor singt es und in ihren Herzen erklingt der Widerhall. Und so feiert Christus in diesem Moment in ihnen seine Auferstehung.

Einladung zur Ausbildung als Geistheiler(in) und/oder Rückführungstherapeut(in)

Seit 1984 initiierte ich weltweit Menschen, die den Wunsch in sich verspürten, ihren Mitmenschen auf diese spirituelle Weise zu dienen. *Initiation* ist das lateinische Wort für Einweihung und bedeutet den rituellen Eintritt in ein neues Lebensstadium. In vergangenen Jahrtausenden verstand man darunter eine symbolische oder religiöse Handlung bei der Einführung eines neuen Mitglieds in eine geheime Gesellschaft oder einen Mysterienkult. Im Verborgenen – meistens in speziellen Räumen von Tempeln und Pyramiden – geschah das, was in der heutigen Zeit offen, ohne falschen Mystizismus und ohne zwingende Anbindung an eine Gemeinschaft, vermittelt und übertragen werden kann. Ich selbst, als Initiator, sah mich dabei immer nur als Türöffner, der dem Kandidaten das Tor zu seinem Höheren Selbst und seinen Möglichkeiten öffnet, und nicht als Magier, der dem Schüler seine Kräfte überträgt oder ihn lehrt, sich fremde Geister untertan zu machen.

Entsprechend der menschlichen Trinität von Körper, Seele und Geist erfahren wir Einweihung auch in allen drei Seinsbereichen. Die Naturwissenschaften führen uns in die Geheimnisse der Materie und damit unseres Körpers ein. Seit der Mensch beginnt, sich bewusst zu werden, nutzt er magisches Wissen und seine Techniken, um seine seelischen Räume und Fähigkeiten zu erforschen und zu erproben. Aber nur wenigen Eingeweihten war es vor Erscheinen des großen Weltenlehrers Jesus Christus vergönnt, in Kontakt mit dem Höheren Selbst, dem göttlichen Geist in jedem Menschen, zu treten. Eine spirituelle Initiation, die ihren Namen zu Recht trägt, lenkt das Bewusstsein des Kandidaten nur auf den All-Einen, öffnet das vorher verschlossene Tor und schafft eine Verbindung zwischen der Ebene der Materie und der Sphäre des Geistlichtes, das nicht zu verwechseln ist mit dem Astrallicht, das heute viele Eingeweihte käuflicher magischer Systeme erleben und fälschlicherweise für das Geistlicht halten.

Initiiert bzw. eingeweiht werden soll der Kandidat in das viele Jahrhunderte lang geheim gehaltene Wissen über die Trinität des Menschen, das Wechselspiel von Geist, Seele und Körper und die einzelnen Schritte, die sein Bewusstsein machen muss, um den Weg zurück in die Einheit mit Gott gehen zu können. Meditation, Kontemplation und Gebet sind Hilfen auf diesem Weg. Esoterisches und insbesondere spirituelles Wissen sind Fackeln, die uns auf diesem manchmal dunklen und oft als steil und mühsam empfundenen Weg der Entwicklung leuchten. Unsere Aura und unser Chakrasystem offenbaren dann unseren Entwicklungsstand; und so wurde dem Schüler im Rahmen des Initiationskurses neben den zentralen Teilen der esoterischen Philosophie auch ein theoretisches Konzept mit der entsprechenden praktischen Anleitung zur Behandlung der Chakras und der Aura vermittelt.

Am Ende der Ausbildung setzte ich bei dem Initianten vor der Behandlung seines ersten Patienten im Rahmen des Kurses einen bestimmten rituellen Lichtimpuls, der das bisher verschlossene Tor zwischen seiner Seele und seinem Höheren Selbst öffnete und im gleichen Augenblick die geistigen Lichtfrequenzen bis hinunter in seinen physischen Körper strömen ließ. Ab diesem Moment floss durch die Hände des neuen Heilers das Licht seines Höheren Selbst und brachte wieder die göttliche Ordnung und damit Harmonie und Heilung in die Seele dessen, dem er seine Hände in Liebe und Demut auflegte. Der physische Körper des Hilfesuchenden, der ja durch seine Erkrankung nur den vorausgehenden krankhaften Zustand der Seele spiegelt, zieht dann nach und gesundet wieder. So betrachtet, heilt sich jeder selbst, wenn er – ob allein oder mit Hilfe eines Heilers, eines geistigen Lehrers oder eines medizinischen Behandlers – seine seelische Einstellung ändert und die Hilfen, die ihm gegeben werden, nutzt. Der Arzt, der Heiler, der geistige Lehrer – sie alle geben immer nur Hilfe zur Selbsthilfe. Die Heilung ist dabei normalerweise ein Indiz dafür, dass auf seelischer Ebene eine Wandlung oder zumindest eine Verhaltensänderung des Kranken eingetreten ist.

Im Rahmen der Initiation wird das Wesen des Lichtes aller drei Ebenen erläutert und Grundkenntnisse der Nutzung von Farbschwingungen bei der Heilung von Körper und Seele vermittelt. Darüber hinaus lehrte ich meine Schüler, wie und wann Fernheilung durchgeführt und eingesetzt werden sollte und wie sie sich und Dritte mittels spiritueller Techniken gegen astrale bzw. magische Beeinflussungsversuche und Attacken wehren können. In Vertiefungskursen wurde das Wissen erweitert, aber die grundsätzliche Ausübung war mit dem Initiationskurs gewährleistet, so dass der Schüler auch alle weiteren Schritte alleine unternehmen konnte.

Jeder spirituelle Lehrer hat die Pflicht, die Reife und die Motivation des Schülers zu prüfen, bevor er ihm durch Initiation Möglichkeiten eröffnet, die diesen in einen höheren Grad der Verantwortung treten lassen. Tut der Lehrer dies nicht, wie bei den meisten heute gegen Geld angepriesenen Initiationen, so trägt er eine karmische Mitverantwortung an allem, was der Schüler auf Grund des bewussten wie unbewussten Missbrauchs seiner Fähigkeiten nach dem Gesetz von Ursache und Wirkung zu erwarten hat. Daher führte ich mit jedem der Kandidaten ein dreistündiges und kostenpflichtiges Vorgespräch (unser Stundenhonorar beläuft sich auf 80,– €), in dem ich vor der Zulassung die Eignung des Betreffenden, d.h. seine Einstellung sowie seine seelische und körperliche Gesundheit, überprüfte. Der Initiationskurs selbst, der von Freitagnachmittag 14 Uhr bis Sonntagnachmittag dauerte, war und ist kostenfrei. Es wird lediglich ein kleiner Obulus von 30,– € pro Person für die ausführlichen schriftlichen Unterlagen (niemand muss mitschreiben, und jeder kann sich deshalb ganz auf die Erklärungen und Demonstrationen konzentrieren) und für die Getränke erwartet. Das Prüfungsgespräch und die Initiations- und Vertiefungskurse finden bis heute in Siersburg/Saar statt.

Die Selbsterfahrung in der Rückführung und die Ausbildung als Reinkarnationstherapeut finden nach vorheriger Absprache ebenfalls in unseren Praxisräumen statt. Jeder Erfahrungs- und Ausbildungsblock besteht aus 5 Doppelstunden, die jeweils in 2 ½ Tagen vor- und nachmittags genommen werden. Die Kosten für die 10 Therapie-Stunden eines Blocks belaufen sich auf 800,– €.

Seit Ostern 2018 habe ich nun meine Praxistätigkeit aus Alters- und Gesundheitsgründen weitgehend aufgegeben und auf meine Frau Maria übertragen. Sie ist meine Nachfolgerin und hat alle erforderlichen Ausbildungen und Einweihungen, die für ihr Amt nötig sind, von mir erhalten. Sie leitet seitdem alle Heilerkurse und Reinkarnationssitzungen und ist darin sehr erfolgreich.

Wer also von diesen Ausbildungseinladungen Gebrauch machen oder Maria als Geistheilerin oder Reinkarnationstherapeutin konsultieren will, der kann dies schriftlich unter folgender Adresse tun:

Maria Irmine Philippi, Zur Niedtalhalle 2, 66780 Siersburg
Tel.: 0163 2571738 oder 06835 1424,
Email: maria-irmine-philippi@t-online.de

Weitere Infos, meine anderen Bücher und die Anfahrtsbeschreibung zu unserer Praxis finden Sie unter: www.axel-philippi.de